Relatos mexicanos posmodernos

posmodernos

Antología de prosa ultracorta, híbrida y lúdica

Relatos mexicanos posmodernos

Antología de prosa ultracorta, híbrida y lúdica

Selección y prólogo
de Lauro Zavala

RELATOS MEXICANOS POSMODERNOS
D. R. © Augusto Monterroso, José Agustín, Alejandro Rossi, Carlos Monsiváis,
Salvador Elizondo, Armando Ramírez, Bárbara Jacobs, Lazlo Moussong, Fabio
Morábito, Rafael Pérez Gay, Dante Medina, Luis Humberto Crosthwaite,
Guillermo Samperio, Pedro Ángel Palou, Luis Miguel Aguilar, Paco Ignacio Taibo
II, Daniel Sada, Óscar de la Borbolla, Martha Cerda, Mauricio José Schwarz,
Francisco Hinojosa, Ignacio Trejo Fuentes, Subcomandante Marcos.

ALFAGUARA MR

De esta edición:
   D. R. © Aguilar, Altea, Taurus, Alfaguara, S.A. de C.V., 2001
   Av. Universidad 767, Col. del Valle
   México, 03100, D.F. Teléfono 5688 8966
   www.alfaguara.com.mx

- Distribuidora y Editora Aguilar, Altea, Taurus, Alfaguara, S.A.
  Calle 80 Núm. 10-23, Santafé de Bogotá, Colombia.
- Santillana S.A.
  Torrelaguna 60-28043, Madrid, España.
- Santillana S.A.
  Av. San Felipe 731, Lima, Perú.
- Editorial Santillana S. A.
  Av. Rómulo Gallegos, Edif. Zulia 1er. piso
  Boleita Nte., 1071, Caracas, Venezuela.
- Editorial Santillana Inc.
  P.O. Box 19-5462 Hato Rey, 00919, San Juan, Puerto Rico.
- Santillana Publishing Company Inc.
  2105 N. W. 86 th Avenue, 33122, Miami, Fl., E.U.A.
- Ediciones Santillana S.A. (ROU)
  Constitución 1889, 11800, Montevideo, Uruguay.
- Aguilar, Altea, Taurus, Alfaguara, S.A.
  Beazley 3860, 1437, Buenos Aires, Argentina.
- Aguilar Chilena de Ediciones Ltda.
  Dr. Aníbal Ariztía 1444, Providencia, Santiago de Chile.
- Santillana de Costa Rica, S.A.
  La Uraca, 100 mts. Oeste de Migración y Extranjería, San José, Costa Rica.

Primera edición: septiembre de 2001
Primers reimpresión: marzo de 2002

ISBN: 968-19-0859-7

D. R. © Diseño de portada: Angélica Alva Robledo

Impreso en México

Índice

Prólogo

Esta antología reúne 23 relatos publicados en México entre 1967 y 2000, organizados según el orden cronológico de su publicación original. Cada uno de los autores incluidos ha publicado al menos un volumen de relatos, y en la mayor parte de los casos también varios títulos de novela, crónica o ensayo.

Los presentes relatos no son representativos de autores posmodernos, pues no existe tal cosa. Lo que existe son lecturas posmodernas de la realidad, así como textos con características posmodernas. Estos elementos son, entre otros: brevedad extrema (una extensión entre 200 y 2000 palabras), hibridación genérica (ninguno de ellos es un cuento en el sentido más tradicional) y tono lúdico (evidente en múltiples estrategias de humor e ironía). Los rasgos mencionados pertenecen a la dimensión estética (formal y literaria) de estos relatos. Esta escritura se opone, en distintos grados y con múltiples variantes, a la tendencia escéptica (intimista, vanguardista y con frecuencia surrealista), que es una extensión de la modernidad característica de la Generación de Medio Siglo en la narrativa mexicana. Esta última tendencia en la escritura posmoderna ha sido confundida con la totalidad de la escritura mexicana contemporánea y con la escritura posmoderna en general, hasta el grado de afirmar que la narrativa mexicana carece de humor. Este rasgo de la escritura posmoderna ha sido incluido en numerosas antologías durante los años recientes, dentro y fuera del país, por lo que la presente antología pretende equilibrar la atención recibida de la crítica.

La dimensión propositiva de los relatos aquí antologados consiste, paradójicamente, en proponer un universo ficcional lo suficientemente irónico y fragmentario, preciso y a la vez indeterminado, como para que cada lector pueda adoptar diversas aproximaciones al texto y reconsiderar algún aspecto particular de su propia visión del mundo cada vez que haga una relectura.

Esta relación entre las dimensiones ética y estética de la escritura posmoderna ha sido muy poco explorada en la teoría literaria contemporánea. Veamos por un momento el carácter lúdico y fronterizo de los textos de esta antología.

Las formas de ironía que encontramos en estos relatos incluyen parodia, sarcasmo, sobreentendido, metaficción y juegos de lenguaje. Aquí hay ejemplos de humor intertextual en forma de diversas parodias genéricas, simulacros textuales, referencias implícitas, pastiches deliberados y juegos metaficcionales. En todos estos textos literarios se alude a otros textos y a diversos géneros de la escritura, produciendo hibridación con formas narrativas y ensayísticas, ficcionales y testimoniales.

Entre los géneros discursivos que aquí son aludidos habría que mencionar la viñeta (Samperio, Agustín, Crosthwaite), la confesión (Aguilar, Cerda), la disertación (Rossi, Borbolla), la alegoría (Morábito, Schwarz), la conversación (Hinojosa, Monsiváis), el psicoanálisis (Aguilar), la entrevista (Taibo), el monólogo (Sada), la crónica (Ramírez), el catálogo (Elizondo), la parábola (Marcos), el bestiario (Palou), la fábula (Monterroso), la novela (Pérez Gay), la poesía (Trejo) y el prólogo (Medina).

Tan sólo el empleo lúdico del lenguaje popular urbano es evidente en los textos de José Agustín y Armando Ramírez, mientras en los de Lazlo Moussong y Dante Medina puede observarse, respectivamente, una parodia del lenguaje oficioso o una experimentación extrema con la sintaxis. En el resto del volumen se pueden encontrar ejemplos de metaficción, narrativa fantástica, relecturas del melodrama, parábolas filosóficas o políticas, utopías de la tolerancia, muestras de erotismo en medio de la mayor procacidad, conmiseración irónica ante la pérdida de la inocencia, oscilación instantánea entre la hilaridad y la gravedad ante lo absurdo de la indeterminación cotidiana, y sorprendentes ejercicios de la imaginación y el estilo.

En la escritura posmoderna los géneros de la escritura se fragmentan y se recombinan, produciendo toda clase de hibridaciones y la alusión a otras formas de comunicación y cultura. Estos materiales muestran la diversidad, la riqueza y la naturaleza carnavalesca del relato mexicano contemporáneo. Es privilegio de los lectores la interpretación de sus múltiples dimensiones.

La diversidad es un rasgo fundamental en la escritura contemporánea. Aquí he incluido textos originalmente escritos en espacios tan diversos como Tijuana, Hermosillo, Puebla, Chiapas, Mexicali y Guadalajara, y en áreas de la Ciudad de México y sus alrededores que tienen ya una autonomía cultural y lingüística, y una propia tradición literaria, como Tepito, Chimalistac, Polanco, Del Valle, Coyoacán, Roma y Condesa.

Lauro Zavala

El camaleón que finalmente no sabía de qué color ponerse
Augusto Monterroso

En un país muy remoto, en plena selva, se presentó hace muchos años un tiempo malo en que el Camaleón, a quien le había dado por la política, entró en un estado de total desconcierto, pues los otros animales, asesorados por la Zorra, se habían enterado de sus artimañas y empezaron a contrarrestarlas llevando día y noche en los bolsillos juegos de diversos vidrios de colores para combatir su ambigüedad e hipocresía, de manera que cuando él estaba morado y por cualquier circunstancia del momento necesitaba volverse, digamos, azul, sacaban rápidamente un cristal rojo a través del cual lo veían, y para ellos continuaba siendo el mismo Camaleón morado, aunque se condujera como Camaléon azul; y cuando estaba rojo y por motivaciones especiales se volvía anaranjado, usaban el cristal correspondiente y lo seguían viendo tal cual.

Esto sólo en cuanto a los colores primarios, pues el método se generalizó tanto que con el tiempo no había ya quien no llevara consigo un equipo completo de cristales para aquellos casos en que el mañoso se tornaba simplemente grisáceo, o verdeazul, o de cualquier color más o menos indefinido, para dar el cual eran necesarias tres, cuatro o cinco superposiciones de cristales.

Pero lo bueno fue que el Camaleón, considerando que todos eran de su condición, adoptó también el sistema.

Entonces era cosa de verlos a todos en las calles sacando y alternando cristales a medida que cambiaban de colores, según el clima político o las opiniones políticas prevalecientes ese día de la semana o a esa hora del día o de la noche.

Como es fácil comprender, esto se convirtió en una especie de peligrosa confusión de las lenguas; pero pronto los más listos se dieron cuenta de que aquello sería la ruina general si no se reglamentaba de alguna manera, a menos que todos estuvieran dispuestos a ser cegados y perdidos definitivamente por los dioses, y restablecieron el orden.

Además de lo estatuido por el Reglamento que se redactó con ese fin, el derecho consuetudinario fijó por su parte reglas de refinada urbanidad, según las cuales, si alguno carecía de un vidrio de determinado color urgente para disfrazarse o para descubrir el verdadero color de alguien, podía recurrir inclusive a sus propios enemigos para que se lo prestaran, de acuerdo con su necesidad del momento, como sucedía entre las naciones más civilizadas. Sólo el León que por entonces era el Presidente de la Selva se reía de unos y de otros, aunque a veces socarronamente jugaba también un poco lo suyo, por divertirse.

De esa época viene el dicho de que
todo camaleón es según el color
del cristal con que se mira.

Cómo te quedó el ojo
(querido Gervasio)
JOSÉ AGUSTÍN

Imagínate, de buenas a cuartas encuentras a este
Jeremías con su expresión de direlococomio y no
te dice oye qué padre está lo último que hiciste,
sino que probablemente llegará para decir qué
pasotes alias qué pasión; y acabo de estrenar
niño, y él responderá cuántos años tiene; y tú, en
lugar de vaticinar cualquier posible moñazo en el
sudococo de tu interlocutor, sólo dices eh; y él se
carcajea sobando su cosquilla número veintiocho,
feliz como lagartija elesediana por haber obtenido
un punto, es decir: triunfante; digo, Jeremías
puede ser lo que quieras, triunfar en cuanto
desees, no darte ni cinco miligramos de crédito
cuando eres tú quien fantasmescribe sus
mamotretos, pero eso no lo valida para uy hacer
entretejer lucidar emitir ese género de chistes que
más tarde llevarás en tu cabeza todo el
beatificado día, o algo como repitiéndote cuántos
años tiene; porque después de todo no eres nada
retrotarolas y no mentiste jamás al decir que
acabas de tener un niño happy bearing to you;
bueno, es un decir, a fin de cuentas no fuiste tú
quien hay en los momentos cruciales y no
crucificables, sino que tú sólo qué monostá qué
fregón soy el mero amo pueden considerarme el
tiro perfecto do apunto pego viva Méxiko

traidores, y cosas de esa onda proferidas por
hombre común que trabaja y sufre y a veces goza
en este siglo tan difícil pero apasionante que aquí
nos tocó nada menos que en Mexiquitolímpico
para servir a Diositosanto y a usté mero jefecito; y
cuando piensas avanzar el recodo del hospital
miras acercarse a este buen Jeremías con su cara
de te pillé de nuez cuate, y tú palideces, te
enhielas, quisieras correr y rendijarte en la puerta
más próxima, pero no: ahí estás con la sonrisa,
digo, la sonrisilla, esperando con el corazón
param pam pam muy rápido y con un temblor
álgido en la mano derecha: se alza, se alarga, se
estira, queda colgando, mientras Jeremías sigue
su camino sin mirarte, sin trascenderte;
qué haces; corres
tras él para acabo de
estrenar niño, gritar,
esperando el cuántos
años tiene;
o
permaneces taladrado
en ese punto con la
expresión ojipelona
inmóvil.

16

Por varias razones
Alejandro Rossi

No quiero engañar a nadie diciendo que soy un filósofo. Es una profesión que ignoro, respeto y no ejerzo. Si —más libremente— podría llamarme un pensador, es una cuestión indecisa que exige una cierta discusión de términos. La evitaré, por aburrida e inútil. Pero que soy una persona que piensa, lo puedo jurar. Todo el día, desde que me despierto, pensar es una actividad que practico con desesperación y desgano. Un vagón que se precipita por una montaña rusa. El más leve contacto con la realidad desencadena esa furia interior. Tengo, entonces, que pensar rápida y decididamente. Con lo dicho debe quedar claro que no soy un provocador: jamás he pretendido enredarme con el mundo o escarbar en la famosa realidad. Más bien lo contrario: saberla lejana e indiferente habría sido mi mayor deseo. Sí, una larga vigilia en blanco, mover los ojos, estirar los brazos, masticar, pero sin pensar. O pensar sólo a ratos, con toda la intensidad que se quiera, pero no continuamente. O pensar continuamente, pero sin esa meticulosidad, sin *ese* detalle. ¿Y si fuera posible pensar como quien sigue con la mirada el vuelo de una mosca? ¿O como esas personas que ponen un disco, lo escuchan con placidez bovina y luego vuelven a guardarlo en un mueblecito insignificante y laqueado? Si estuviera en mi poder, pensaría poco, poquísimo y, sobre todo, de manera gruesa e imprecisa. Elegiría el momento propicio y me dedicaría a pensar sin la menor exactitud, a lo bestia, dando brincos, revolcándolo todo, un miniaturista que embadurna la pared con una hoja de palma o construye un muñeco de barro inmenso y desproporcionado. Bromeo, naturalmente, porque sé hasta la saciedad que vivir sin pensar es una contradicción. Y pensar sin hacerlo con ahínco, con perseverancia, sin voltear siempre hacia la derecha y hacia la izquierda, es un disparate. Considero que aquí está el aspecto triturante del asunto.

Pero no podría ser de otro modo: pensar, en definitiva, es tomar en cuenta la ilimitada variedad de factores que intervienen en la más pequeña de nuestras acciones. Empleo un lenguaje aproximativo y deliberadamente incorrecto porque, en rigor, no existen acciones pequeñas, desnudas de complejidad. Mi experiencia —créame— es definitiva: cualquier acción —pensada a fondo— es un pozo que conduce al centro de la tierra. Cuando se logra esta visión, ya no importa demasiado lo que sucede; la vida entera se convierte en algo denso y aventurero. La hormiga recorre la circunferencia del reloj o el niño se pierde en la selva de una estampilla africana. Me muevo así en una épica constante en la que sólo faltan las circunstancias adecuadas, las banderas, las lanzas. No percibo otras diferencias entre las angustias del gran general y las mías. Cuestión de suerte, de destino o de retórica. El biógrafo cuidadoso detectará, sin embargo, el mismo calvario y no se dejará engañar por la ausencia de exterioridades. El decorado, en definitiva, es sólo el decorado. Lo que cuenta es *esa* concentración interior.

He oído que las teorías buscan afanosamente ejemplos, dispuestos a todo tipo de concesiones con tal de tenerlos de su lado. En mi caso abundan, lo cual tal vez prueba que no soy un teórico sino, más bien, un conejillo de indias o una gallina espantada. Considérese, para entrar en materia, un episodio del que todavía no salgo. Ayer deposité —o quizá abandoné— una carta en el correo. Situación de fuerza mayor que ya no pude posponer. Una carta a mi hermano solicitándole un préstamo. Ahora bien, un hermano, por más vuelta que se le dé, no es una institución benéfica; la lejanía geográfica atenúa ciertas reacciones demasiado humanas, pero no es un gabinete de alquimia. La redacción de la carta debe, entonces, enfrentarse a ese hecho. He aquí una circunstancia en que pensar es estrictamente necesario. Porque para desgracia nuestra, una carta a un hermano puede escribirse de muchísimas maneras: pensar —¡señores!— es descubrir ese hecho espantoso. Me río de quienes aconsejan en estos casos la espontaneidad, esa cosa inverosímil que yo me represento como un perro trotando por una calle o un monito rascándose el escroto detrás de los barrotes. Ejercicio que no me ayuda y más bien me aleja del problema. Uno de cuyos datos inquietantes es el estado de ánimo en el que se encontrará mi hermano cuando abra el sobre y desdoble la hoja de papel blanca, gruesa, lanosa, de lo mejor que hay en el ramo. Busco resultados pragmáticos y, por consiguiente, es forzoso planear, o sea, pensar. Sí, pensar, pensar lo más a fondo que se pueda. Enfrentarse, una vez más, a las innumerables luciérnagas. Tener presente, por ejemplo, la reverencia, el silencio religioso que el lujo produce en mi hermano; mis cálculos son en el sentido de que ese papel abundante, lleno de pelusa, carísimo, desencadenará imágenes heterogéneas, unidas todas ellas, sin embargo, por el común denominador del precio. Sinagogas, alguna mujer palidísima, litografías autógrafas, clases de esgrima, árboles genealógicos, la leche materna, la Casa Blanca. No sé, todo es posible, cada quien tiene sus propias jerarquías. Irrumpo, sin proponérmelo, en una discusión milenaria, la de si es o no posible predecir la conducta de una persona. Entiendo que para algunos nadie es más complejo que la figura de un triángulo; y existen quienes proclaman que sólo la vanidad nos hace creer superiores a un esquema. Quizás ambas posiciones se asienten en un insuperable tedio hacia el prójimo. Admito que la tesis contraria es aún más enervante: suponer impenetrable y misteriosa la vida de mi vecina es una exageración que me niego a compartir. Es una mujer escurridiza e ingrata, pero no esencialmente inaccesible. Cuando menos lo espero me sorprende con una mirada lenta y pegajosa. La siento inconstante, altanera, desordenada y efusiva. No la entiendo y acumulo adjetivos que complican el problema. Agrego, sin embargo, que me sobraría paciencia para armar ese rompecabezas. La paciencia es una virtud heroica que se sustenta siempre en algún fanatismo y no prospera en los distraídos o en los mansos. La mía es la paciencia del racionalista que no cree ni en geometrías ni en selvas impenetrables. Ser racionalista es renunciar a las exageraciones interesantes y a los asombros del auditorio. También supone abandonar la quiromancia y los consuelos del escepticismo. Represento una racionalidad laboriosa y modesta, sin éxtasis solares o nocturnas hipotecas del alma. Nadie piense, sin embargo, que esta cautela dieciochesca estimula una vida serena. Implica, por el contrario, la seriedad desesperada del roedor. Reconstruir, sin disponer nunca del tiempo suficiente, la prolija cadena de motivos y razones que llevarán a mi hermano a leer con benevolencia o con asco esa cuartilla premeditada, absolutamente científica, que le envié el otro día. Recuerdo manías, situaciones similares, asociaciones que para él son rutinarias, establezco las premisas para una larguísima deducción cuyo final debería ser una respuesta afectuosa y tranquila, que me llegara en un sobre rectangular, las estampillas bien colocadas a la derecha y en el centro mi nombre nítido, como si fuera el de otro. No lo abriría de inmediato. Detesto comer rápido, apresurar los ritmos, dejar que las cosas pasen sin examinarlas. Es ya un hábito: me fijaría en el tamaño del sobre, porque sé que los cheques de mi hermano son largos y él no acostumbra doblarlos. El peso es un dato ambiguo. Si se niega, lo más probable es que redacte una cuartilla para demostrarme que su decisión, lejos de ser frívola, es difícil y compleja. En ese caso escribirá a mano para sugerir así intimidad, concentración, una reflexión hecha fuera de las horas de oficina, durante la noche —él, solitario, pensando en su hermano—. Si acepta, el cheque también vendrá envuelto en amonestaciones y, por tanto, la carta pesará casi lo mismo con dinero o con excusas. El tacto puede ser revelador:

seguramente el cheque estará engrapado a la carta adjunta y a veces la yema del dedo descubre el metal. Pero eso depende del espesor del sobre. Ya no me engañan las cartas certificadas: lo único que indican es la decisión de mi hermano de que nada suyo se pierda. Es su manera de darme a entender que sus máximas y sus moralejas también son valiosas y que nunca deja de hacerme llegar algo importante y vital. Si me presta el dinero, sus meditaciones serán abstractas, básicas, siempre alrededor de los principios fundamentales, la lucha por la supervivencia, la ferocidad de la vida, la necesidad de ser como el resto de la tribu, duro y volitivo. Se acercará así a su tema preferido, una paradoja que lo entusiasma y lo excita, aunque la exponga mediante un estilo apagado, como si lamentara su existencia. Su formulación —lo siento— es la siguiente: la verdadera bondad —no la superficial, la pasajera, la inútil— se disfraza siempre de disciplina, austeridad, mortificación. Mi hermano, claro está, no es un profesor de ética, uno de esos meticulosos que pretenden justificar cualquier consejo. Se encontró, hace ya varios años, con esa joya y quedó asombrado ante su complejidad, su riqueza, su carácter enigmático. No la explica, la coloca en la carta y allí la deja, sin añadir palabra, seguro de que su presencia es definitiva. El propósito es dejarnos solos y deslumbrados. No quiero ser injusto, con otras personas es más seco. Produce un texto mínimo que sólo dice: no. Es natural, sin embargo, que conmigo sea distinto: ambos nacimos del mismo vientre. Es una idea fácil, aunque fundamental. Pensar será un vértigo, pero también es la vía maestra para valorar hechos simples y grandiosos. En este momento siento un calor difuso y agradable dentro de mi pecho. Esperaré con confianza la respuesta de mi hermano y me prometo analizar con afecto y profesionalismo su famosa paradoja. Al fin y al cabo —insisto en lo dicho— nacimos del mismo vientre. Pensar es algo tremendo.

El secreto está en la mano izquierda

CARLOS MONSIVÁIS

I

Mira mano, a mí de plano el baile es lo que más me pasa. Empecé muy chiquillo, al principio ni siquiera por el afán de ligar, sino de hacer algo para que se fijasen en mí. Yo veía a mi hermano que andaba siempre con Cada Cosa y eso me motivaba el resto. Ya que logré que me vieran, me propuse arrimarme. Pero eso en segundo lugar, conste. A lo mejor, sí bailo más cuando me interesa lanzármele a alguien, pero lo primero es bailar. Ahora que un asunto no niega lo otro y el bailoteo sigue siendo la manera más sencilla de acercarse a una chava. Se agarran mañas, como que uno se tropieza o que te avientan y le llegas al roce, y de nuevo, y el roce, y te vas de frotada en frotada así de plano como maderitas para encender el fuego, y luego es ella y no uno quien se disculpa.

Los bailes se hacen para lucir y conseguir, pero el baile es nomás para uno, es el gusto de verte en la mirada de tus cuates y los desconocidos. Y uno se va enviciando. Al principio, te digo, por lo menos así me pasó a mí, uno se la pasa recorriendo fiestas y salones para ensayar y conocer a chavas. En las fiestas, luego luego te enteras de que andan tras el noviazgo en serio, y si te descuidas, te presentan a sus padres. Y a huir. En los salones, te das color de inmediato, así está la escena: acá los viejos, las lanzas muertas que ni chi ni cha ni cha-cha-cha. Son señores que ni con pase. Y luego estamos los chavos. La mayoría le entramos apenas nos salimos de la primaria, la terminemos o no. De pronto y órale, descubrimos lo que nos divierten unos pasos bien dados, moverla como se debe. Al principio damos de patadas, el clásico un dos, un dos o el uno nomás. De ahí viene el baile de brinquito.

Antes de la onda disco, era muy chistoso ver en Tepito bailar de brinquito. Fíjate en otra cosa: los que ya tienen tiempo en la bailada se mueven calmados, los otros se alocan. Los que sabemos les decimos los "chapulines", sueltos y brincando.

II

A mí el *swing* me pasa mucho, por acrobático, por el ritmo muy marcado, el movimiento de manos da la impresión de que se mueve. Pero el swing mal acostumbra. Fíjate qué pocos de los viejos bailan calmados. Les decimos los Acrobáticos. Muchos aprendieron en las academias de baile que son los grandes robos. Y ahora el *break* tuvo cosas del *swing*, pero no pasó a mayores. Para ese caso te metes al gimnasio, no hay manera. ¿Cómo lo aprendes bien? No hay buenos instructores aquí, salvo esos veracruzanos viejos que te cuentan anécdotas y se ponen tan nostálgicos que salen de aquí a emborracharse. En México ya se perdió la costumbre del paseo, no digamos el ladrillo. Y el danzón parece que nomás apretando a la chava la libras, pero híjole, es bien sexy bailar. El secreto está en la mano izquierda para sobrellevar a la dama. El saber raspar, el saber fajar sin las exageraciones de las películas (o viendo las películas) que parece que es lucha libre. La cosa es calmada. En el roce tocarle los pechos a la dama, empezar el juego, tocarle la torta o que rocen el miembro, fris fras, órale. Entonces baja uno la mano así sobre los senos... Bueno, sobre algunos senos. La misma cadencia del ritmo hay que sobrellevarla y sobrellevar el raspón. En eso del faje uno tiene que saber latín, latón y lámina acanalada.

A mí me pasan mucho las rutinas. Empecé a practicarlas desde chavito. Íbamos en bola al programa de *Baile con Vanart*. Éramos buenos, te lo aseguro, porque luego hay tarados que llevan 10 años y no aprenden a bailar. Iban los del grupo de Brasil 80, de la colonia Guerrero, de la colonia Malinche, de la Casas Alemán, de Tepito (que es un barrio que ha tenido influencia en el modo de bailar). A todas estas ondas van los de siempre, los que le entran a cualquier concurso, algunos son bien buenos, un chavo se mantenía de eso... Ahora ya no voy tan seguido, ya casi no hay lugares, ahora todo es distinto aunque quien no lo sabe diga que todo se parece. Pero ya nada es fácil. A ver un buen grupo de salsa, por ejemplo, ya sólo pueden ir los ricos. Y como que la salsa con tocadiscos no aguanta. Es que la salsa te permite más movimientos, pasearte por toda la pista si te da la gana, saltar obstáculos a través de la gente. En cambio, para el danzón casi no, fíjate bien...

III

El mexicano se menea de la cintura para abajo, el cubano se menea pa'rriba, y por eso da la impresión de que es más rápido, sobre todo si hace algún numerito como la Campana o el Rehilete. Los cubanos y los puertorriqueños alzan los hombros. Nosotros casi no. Y no por nada, pero bailar se las trae. Tiene que producirte un gusto muy especial, algo que te apacigüe por dentro mientras más te aceleras, algo que te haga sentirte distinto a estos payasos que dizque muy modernos, y muy videoclip. Algunos sí lo hacen bien, pero su lugar es el gimnasio. Bailar no es demostrar condición física, sino elegancia, algo así como entrarle al frenesí sin despeinarte. Si no, nomás te sacudes a ritmo de lagartija y desarrollo de pectorales.

IV

A los salones y a las fiestas se va a vivir la juventud. Eso es lo que tienes y hay que saber cómo gastarla. Si yo fuera muy bueno no saldría de los salones; como no lo soy, me voy al cine. Pero le tengo envidia a los que sí la hacen. Pepe, un cuate mío, es campeón de mambo. Bueno, era. Se le hizo derrotar a un cuate que llevaba seis años en el campeonato. Le hicimos una fiesta, se puso hasta atrás, se cayó, se fracturó una pierna, y lleva cuatro meses sin bailar.

Para mí, lo único malo de los *dancings* es que ya no están prohibidos. A mi mamá sus jefes nunca la dejaron ir. Mi hermana no va porque no le ve el chiste. Quesque es de más categoría ir a una disco. Que sea menos. Lo que pasa es que como está tan desnutrida apenas consigue moverse, y en el tumulto no se nota.

Ora no te digo que los *dancings* siempre sean divertidos. Hay veces que te aburres pero te aguantas. Yo falto muy pocas veces. ¿En dónde la pasaría mejor? Cuando tienes una buena pareja, es el cielo. De lo contrario, llegas a tu casa rendido y golpeado. A un cuate mío le dicen el Terror de las Medias. No deja una viva y tampoco se le va un zapato. Las chavas lo ven y fingen demencia. Con lo caras que están las medias.

¿A qué vienen las chavas? Las que aguantan vienen más a bailar que a ligar, aunque también le entren parejo y aunque se vistan de colores llamativos para atraer. Siempre la misma: "Si vieras qué bien me siento, qué bonito cuando la gente se reúne en torno a mí cuando bailo". Y te lo explican con detalle: "En una fiesta no es igual. La mamá o la abuelita siempre quieren bailar, y te apenas." Pero en hombres y mujeres es igual: lo principal es sentir la música, sentir el ritmo.

Lo mejor del bailoteo es sentir el cuerpo, y lo malo de los *dancings* es que a veces tampoco hay espacio y a fuerzas tienes que oír, como en el teatro. Y lo que a mí me gusta es soltarme de a tiro. Yo tengo 26 años y bailo desde los once. Y cada vez me muevo menos, cada vez me aloco menos, y siento más el cuerpo. Es una sensación padrísima, estoy consciente de todos mis músculos, como dicen que te pasa con el yoga. Yo creo que por eso nunca he ido a las *discotheques*. Se me hace que allí no importa si bailas bien o de la patada. Nadie se fija, nadie te hace rueda. ¡Qué mala onda! A mí lo que me gusta es saber si la estoy haciendo o no, despacito, sin prisas, aunque nadie me pele. Pero no es cierto. Si bailas cual debe acaban todos fijándose en ti. Yo no soy payaso ni farolón pero me gusta que se den cuenta de que la muevo, de que no en balde he ensayado y le he metido ganas. El que no conoce el baile no conoce su cuerpo.

Los museos de Metaxiphos
SALVADOR ELIZONDO

Es bien sabido —y el testimonio de Paul Valéry lo confirma en la más elaborada de sus *Histoires brisées*— que nadie se ha aventurado más de unas cuantas leguas a lo largo de ese brazo de arena finísimo que se extiende hacia el sur desde la isla de Xiphos y que se supone o bien que no termina nunca o que se ensancha y se convierte en otra isla o casi isla que la conseja o la leyenda nombran Metaxiphos. De hecho la existencia conjetural de esta península remotísima ha dado lugar al más desaforado tráfico de leyendas que los xipheños, astutos comerciantes, tratan de capitalizar. Las agencias de viajes ofrecen visitas guiadas a Metaxiphos, pero los propios turistas deciden o imploran, después de algunas horas de viaje, volver a Xiphos. Abundan los testimonios falsos que bajo todas las formas literarias conocidas se contradicen radicalmente entre ellos y por lo tanto no son dignos de confianza, así que escojo entre las que han llegado a mis manos la única que tiene la descarada pretensión de ser una publicación oficial, *printed and made in Metaxiphos*; su distribución, dice, es gratuita. Se trata de una *Guía de los museos de Metaxiphos*. En una breve introducción firmada por el Cuidador General de los Museos se nos informa que en Metaxiphos no hay nada, solamente museos.

31

Luego vienen sumariamente descritas las colecciones, ahorrando al visitante o al lector las enervantes enumeraciones o las referencias eruditas incomprensibles al turista *sensuel moyen*.

Resumo y compendio a continuación la descripción de las principales colecciones.

El folleto comienza con la descripción del Museo Analógico. No dice cuándo fue fundado ni por quién. En él se exhibe una rica colección de cosas ficticias, objetos artificiales, obras apócrifas, documentos falsos, imitaciones tan perfectas que es imposible distinguirlas de sus modelos más que por la discriminación y la diferenciación minuciosa de su materia, su forma y su función que entre ellas están trastocadas y confundidas. El diorama llamado "Guillermo Tell" nos muestra una flecha y una manzana; la flecha es de la materia frutal de la manzana y ésta es de hierro, madera y plumas. Asimismo se conservan allí algunos objetos —no muchos— que a pesar de ser ficticios no difieren de los originales ni en la forma ni en la función ni en la materia y algunos —pocos, pero muy interesantes— en que estas cualidades son sometidas a sutilísimas combinaciones. Hay también muestras de objetos idénticos de forma y función pero de materia diferente: un par de hachas, una de hierro y otra de corcho que no difieren una de la otra ni siquiera por el peso.

En el Museo Poético-Filosófico se guardan las concreciones sensibles de las imágenes, nociones o figuras abstractas. El bibelot abolido, el binomio de Newton y la estatua de Condillac son, según la *Guía*, las piezas más notables que guarda este museo. Esta última es la materialización animada de todas las operaciones de los sentidos, lo que da por resultado una figura constantemente cambiante y movediza que al mismo tiempo que se transforma y se agita va describiendo en la lengua de los *mathematikoi* la realidad del mundo según los estímulos que se generan en un teclado como el de un piano. La estatua de Condillac interpreta, por así decirlo, la danza de las sensaciones puras, sin sujeto que las experimente.

El más grande de los museos de Metaxiphos es el Museo de la Realidad. Sus vastísimas colecciones están compuestas únicamente de objetos que no tienen ningún interés, objetos sin importancia y sin sentido, cosas cualesquiera. Los objetos que allí se exhiben no carecen de cualidades sensibles y hay una gran variedad de ellos, pero sin sus cualidades ni sus cantidades son suficientes para despertar el interés del visitante. Si ocurriera que alguno de esos objetos inanes despertara el interés de alguien, de cualquiera, entonces sería inmediatamente trasladado al museo que le corresponde. Supongamos que una manzana cualquiera sugiere al visitante la idea de que los cuerpos se atraen en razón directamente proporcional al producto de sus masas e inversamente al cuadrado de la distancia que los separa, entonces esa manzana es exhibida en el Museo Poético-Filosófico con el nombre de "La manzana de Newton".

Hay también el Museo de las Cosas Pías. No encontraría el visitante en el de la Realidad ninguna de las cosas que se guardan en éste, aunque la mayor parte proviene directamente de la naturaleza. Ellas se distinguen en la realidad por la propiedad que tienen de no ser fácilmente distinguibles: las cosas de forma y accidentes difusos e imprecisos; las cosas moteadas, jaspeadas y pintas; guijarros, plumajes, conchas, huevos, pelambres, así como pinturas de Seurat y de Vuillard. Hay una espléndida colección taxidérmica con todos los animales de pelambre tabí, desde el rocín de don Quijote hasta el gato de Cheshire.

Sin duda uno de los museos más interesantes de Metaxiphos sería el Museo Idumeo. Se conservan allí vestigios y huellas de seres y cosas anteriores a nuestro mundo: instrumentos inexplicables, *ostraka* decorados con grecas rojas, pequeños fósiles incunables. La antigüedad de estos objetos es tanta que su puro contacto directo es letal. Se exhiben, no sin provocar una sensación dolorosa e inquietante al espectador, en vitrinas selladas.

Otro, el Museo Técnico, guarda especímenes mecánicos y gestuales de técnicas puras. Se exhiben allí complicadísimas máquinas y aparatos que no sirven para nada o cuya función nadie conoce. Algunas de ellas son puestas en marcha en días fijos. (Consultar en la administración el programa mensual.) Otra sección contiene los dioramas que ilustran diversas técnicas manuales y corporales que no tienen sentido ni utilidad alguna: la tauromaquia sin toro, la cirugía sin paciente, el *shadow-boxing*, el ajedrez contra sí mismo y una vasta colección de técnicas antiguas para la resucitación de los muertos, algunas de ellas a cual más pintorescas.

El Museo en Sí viene a ser como el arquetipo último de todos los museos. De hecho es un museo de sí mismo o un museo que tiene por objeto mostrarse tal cual. Todos los muros, el plafón y el piso son de espejo. Por lo demás, está vacío. El visitante se convierte en el objeto expuesto, un objeto que se muestra y se contempla a sí mismo en calidad de pieza de museo.

El recinto llamado Mnemothreptos alberga tres colecciones: una, muy extensa y heterogénea, de cosas olvidadas; otra pequeña, pero muy selecta, de cosas inolvidables. Los ejemplares de estas dos colecciones no tienen materia y parecen estar apenas como sugeridos. No se manifiestan sensiblemente con toda precisión más que cuando recordamos las primeras o cuando olvidamos las segundas. La tercera sección —muy interesante— contiene el Diorama Sinóptico que exhibe una exquisita colección de cosas inolvidables ya olvidadas.

Saliendo del Mnemothreptos a mano derecha se extiende el pequeño Arborium en el que se conservan algunos ejemplares particularmente notables por la propiedad que tienen de producir en quien se pone a su sombra, la sensación de estar en otra parte, de estar en el lugar de origen de cada árbol. Así, hay una higuera en cuya fronda el visitante se siente estar en la India y puede oír, en el frotamiento de sus hojas, correr las aguas del Ganges.

En seguida del Arborium hay otro museo, no muy grande. Es el Museo de lo Imposible. En él se conserva la realización o la demostración de cosas y operaciones imposibles: la trisección del ángulo por procedimientos geométricos, la acción a distancia, la creación *ex nibilo*, la escritura inmediata, el *mind reading* y la fórmula para determinar los números primos. En todos los casos se trata de simulacros y conjuros que hacen que esas operaciones sean posibles, pero sólo aparentemente.

Fuera del museo es imposible aplicar los procedimientos que se demuestran en su interior, como si las leyes que los determinan y los rigen no tuvieran ninguna validez fuera de él. Un reloj dotado de movimiento perpetuo da puntualmente la hora.

El Museo Heteróclito exhibe las piezas excedentes de los demás museos de Metaxiphos menos el de la Historia, pero sin orden alguno. La ausencia de clasificación y rotulación de los objetos hace que nos revelen sorpresivamente por sus cualidades esenciales más que por su ordenamiento dentro de un conjunto discreto o por su mero nombre. Este museo debe visitarse al final con objeto de poder re-conocer los objetos más característicos. Las muestras ilustran el principio de desclasificación de las cosas que aquí se exhiben tal que en sí mismas la eternidad al fin las transforma.

Cabe mencionar por último el que seguramente es el más interesante de Metaxiphos: el Museo de la Historia, un pequeño edificio dispuesto en forma de anfiteatro cubierto en el que sólo se conserva el cronostatoscopio o "cámara de Moriarty" que sirve para condensar la luz que regresa...

Cosa pequeña, pues
Armando Ramírez

—¡ÉCHENLE AGUA...!

—¡Agua-agua! ¡Agua-agua!

—¡Sí, sí, pileta... pi-le-ta, pi-le-taaa!

La calle mojada al sol. La mañana calurosa. Los gritos agresivos ululando en las cubetas. Cubetas en busca de llaves de agua. Agua para llenar cubetas. Cubetas para arrojar agua a los valientes que se atreven a pasar por estas calles de Dios.

Sábado de Gloria. Dice la conseja. Dicen los antiguos. Los más viejos del lugar asfaltado. Dice la tradición: se moja a la gente porque en este día se abre la Gloria. Y nosotros, ¡oh, pobres mortales! tenemos que entrar limpiecitos. Según reza la opinión: el mugrosito se da en el barrio.

Y decir barrio, en la Ciudad de México ¡damas y caballeros! es decir: Tepito. ¿Cómo les quedó el ojo? ¡Con su permiso!, grita algún abusado. Hablar de Tepito es hablar del lenguaje y las últimas consecuencias en el trastocamiento del concepto de las palabras. Ustedes dicen rana y yo salto. Salto yo y ustedes dicen "pus quihúbole".

De la Gloria cayó Tepito para santo y seña del arrabal, del peladito, del albur, de la telenovelera realidad, mi cuais.

Yo les voy a platicar de acá, de las de acá, donde si las da hasta acá, entonces arremeda. La única diferencia entre el Arte y la Realidad es que la Realidad arremeda y el Arte hace gestos como gestas estas arremedadas.

Mientras la cubeta vacía de agua amaga al policía que intenta atrapar al barbaján, éste arroja el agua sobre los indefensos transeúntes, el barrio suelta la carcajada. Carcajada estruendosa de rencor y amargura porque el barrio también es el santo y seña de la nota roja: ¡fiiirmes policía Popocha!

Barrio satanizado, santificado, leyendizado, percudizado, lenguaguisado. Aportador de mitos urbanos. De leyendas sin gloria. Quebrantadores de la ley para inscribirse en la leyenda hamponil. ¡Buenas tardes doña Lola!

Doña Lola es doña Lola la Chata, el tío Bill, el gran Burroughs, casi seguro que la conoció. Desfacedora de vivos, cliente asidua de las cárceles mexicanas, sacerdotisa del vicio, plañidera de la banqueta misericorde. Chatita, chatita por favor un papelito, una tecatita, qué le cuesta, una dosis para éste su seguro y fiero servidor, lo que sea, doña, lo que sea, ya después con la muerte se lo palmaré. Ya ve cómo es la canija vida, ni avisa cuando viene en la inquietante madrugada. La angustia se me mete por las hendiduras de las uñas, siento cómo voy siendo despellejado, entonces mi existencia es un atroz canal de res destazada minuciosamente, pieza por pieza hasta que me sorbe el tuétano... por favor doña no sea malita ya verá algún día he de agarrar la buena, entonces seré Sóstenes Rocha, entonces ya no le compraré papelitos, nada más deme chance por esta última vez... El dolorido andar se lleva a ese guiñapo que espanta por las madrugadas en estas azoteas desnudas de todo cielo

38

y toda luna. La Doña, la Chata, la Lola queda taciturna con su vientre histérico esperando la posteridad. Saltando la Candelaria de los Patos. Salve ¡Oh, grandiosa Medusa! a este barrio bendito.

Nezahualcóyotl lo desdeñó y lo desdeñó porque era el lugar de los macehuales. En el origen de su nombre está cabalísticamente su significado. Salvador Novo, como gran contemporáneo de todo tiempo, lo dice: "TEPITO quiere decir en náhuatl 'cosa pequeña' o 'poca cosa'; TEPITOYOTL es pequeñez. En la historia de la Ciudad de México, es la pequeñez de un barrio indígena fuera de la 'traza' en que vivían los españoles en los primeros tiempos del Virreinato." Lugar hecho de residuos, lugar despreciado y nostalgizado, lugar de las afueras de la parcialidad de Atzacualco llamado así en tiempos de la esplendorosa Tenochtitlan cuando el lago daba para comer a casi todos, lugar de las afueras de lo que sería nombrado "de San Sebastián" por los cristianos. Lugar que por otra parte le tocaba estar en las afueritas de la parcialidad de Tlatelolco. A mitad de dos calpullis, uno de la parcialidad de Atzacualco, llamado Zacatlán que comprendería las calles de Héroes de Granaditas, avenida del Trabajo, Peña y Peña y Obreros. Y el de la parcialidad de Tlatelolco llamado Mecamalinco con límites en las calles de Matamoros, González Ortega, Héroes de Granaditas y Toltecas, eso sin contar el pedacito que le tocaba de otros barrios de Tlatelolco o de Atzacualco. Lugar nunca oficialmente existente, como viene sucediendo hasta la fecha.

El barrio de Tepito comprende por un lado, parte de la Delegación Política Cuauhtémoc, por otro lado la Delegación Política Venustiano Carranza, los distritos electorales cuarto, quinto y hasta parece que tercero y además es la colonia Morelos y parte de la del Centro o sea que el barrio de Tepito sólo existe en la mente de los habitantes del barrio como punto de identidad. Lugar inexistente, o como diría aquel periodiquero: Pedro Infante no ha muerto, ¡vive, vive, vive!... y era cierto: vivía en el corazón de todos los mexicanos... Así, Tepito no ha muerto, y siempre ha existido a pesar de los pesares, porque es una forma de vida, un marco de referencias, una concepción de la vida, una forma de decir: ¡aquí estoy, existo y quiero mentarles la madre!

¿Saben ustedes lo que es un detalle?

BÁRBARA JACOBS

Madrid, 26 de noviembre, 1984

Señores:

¿Saben ustedes lo que es un detalle?

Un detalle de la vida íntima de un poeta debe o no debe intervenir en el ánimo del lector que lo conozca a la hora de leer sus poemas, me pregunto. ¿Es un detalle capaz de hacer las veces de lente; tenerlo presente aun sin querer aumenta o aclara los versos? A lo mejor los disminuye y los nubla. Los confunde. Quien conoce el detalle y los lee los malentiende. El detalle conocido actúa no sólo en la visión del lector, se filtra también en cada uno de sus demás sentidos, es un sedante total que lo lleva a oír los versos del poeta de otro modo, en un tono diferente, quizás altisonante. Y el detalle sedante altera el olfato, el gusto y el tacto del lector, lo conduce a enfrentar el poema del poeta en actitud de desequilibrio, de descalabro, de desenfado. El detalle conocido no provoca en el lector sedado por él un rechazo al poeta. Si no había leído antes los poemas del poeta cuyo detalle conoce, los lee ahora, aunque alterado por el detalle. Y si ya era lector del poeta, cuando conoce el detalle de su vida íntima recorre retrospectivamente sus poemas y, sedado por el detalle, en este repaso veloz y total los niega: no niega el detalle.

¿Por qué? ¿Por qué es más fuerte el detalle de la vida íntima del poeta que sus poemas?

El detalle atrae lectores nuevos, que por él serán lectores sedados. Y el detalle ahuyenta a los lectores viejos, lectores que estaban despiertos y que, por él, se vuelven sedados.

¿Todo poeta tiene en su vida íntima uno de estos detalles? ¿Todo lector viejo o todo lector nuevo será susceptible de conocer el detalle?

Es posible también que el detalle conocido actúe en el lector nuevo y en el viejo de manera conciliadora, reconciliadora, pacificadora, amenizadora y reconfortante. Tal vez acerque y haga que el enfrentamiento sea alegre, entre los sentidos ya no sedados sino vitaminados del lector viejo y nuevo y los versos del poema del poeta. El detalle tuerce los labios y el ánimo del lector en forma de sonrisa, destierra el ruido de su oído y posibilita así que oiga la armonía de la voz del poeta. ¿Qué hace con el olfato del lector, con el gusto y con el tacto un detalle íntimo del poeta que no los seda?

Lo que no hace el detalle es liberar, porque interviene. Si existe el detalle, si el lector viejo o nuevo lo conoce, sus sentidos quedan presos en él, en una celda abierta o cerrada, pero existente, real, presente: una celda irrenunciable.

Es decir que no hay enfrentamiento libre entre un lector y un poema, es decir que antes o después mediará entre los dos un detalle, es decir que si no hay detalle en la vida íntima de un poeta habrá prisión: ahí estará la posibilidad de que el detalle se conozca, y ahí estará la posibilidad de que por él el poema del poeta no viva eternamente como poema sino de ahí en adelante y por cuanto tiempo dure como poema con detalle.

Los poetas que los tienen esconden los detalles de su vida íntima, los niegan, los hacen pasar por generalidades con miras a que no haya ojo avisor que los distinga como detalles, que los descubra, que los revele.

¿Cómo leeré a T. S. Eliot ahora, después de *T. S. Eliot: A Life*, biografía para la que Peter Ackroyd pescó uno y otros detalles de la vida íntima del poeta y en la que los revela (según consta en el número 49 de la revista *Time* con fecha del lunes próximo)?

T.S. Eliot fue discreto y, previsor, incluyó una cláusula en su testamento para prohibir que cualquiera revisara su correspondencia y sus trabajos inéditos bajo ningún pretexto y con cualquier fin. Pero su vida está ahí, con detalles que alguien supo porque los vio y los oyó, y lo que alguien ve y oye está ahí, está en el aire, y el aire es más poderoso que los testamentos y sus cláusulas, es más necesario, y uno lo respira lo quiera o no lo quiera, y lo que uno respira lo seda o lo vitaminiza pero lo que no hace es dejarlo libre, porque existe y por lo tanto interviene.

Una carta muy íntima
LAZLO MOUSSONG

Un impulso de acercarme a mis lectores me mueve a dar a conocer un documento que atañe a mi vida íntima: es una carta que escribí a mi más reciente novia, con la que le planteo el rompimiento de nuestras relaciones. Mi deseo de hacer público algo tan personal obedece a la esperanza de que me sirva para eso que llaman catarsis de modo que, al darlo a la luz pública, yo pueda superar el trauma. Sucede que durante el sexenio pasado, tan lleno de proyectos, planes, programas, sistemas, implementaciones, instrumentaciones, etcétera, ocupé bastante de mi tiempo en redactar y corregir documentos elaborados por los abundantes tecnólogos que enfocaron realidades e irrealidades del país a través de brillantes metodologías administrativas que acabaron convirtiéndose en poco menos que moneda mexicana. Ese trabajo, inevitablemente, me influyó y afectó hasta lo más hondo de mi ser y de mi lenguaje; éste es mi trauma y el resultado consta en esta carta personal que dice así:

Amada Concepción Encarnación:
Presento a tu fina consideración, para la toma de decisiones y los debidos ajustes a la planeación correspondiente, este documento en el que se

45

describen los orígenes, desarrollo y solución del proceso de integración y posterior separación de nuestra relación, así como la fundamentación y programación a que ha dado lugar la situación enunciada relativa a mi determinación de que terminemos nuestra unión.

En lo sucesivo denominaremos como Factor M al elemento masculino de la relación (o sea, yo) y como Factor F al femenino (o sea, tú).

1. OBJETIVO DEL DOCUMENTO

Desarrollar un análisis de funcionalidad de las experiencias obtenidas entre los Factores M y F, para establecer objetivamente la justificación de la determinación adoptada en el sentido de llevar a efecto la separación definitiva de nuestros intereses y atractivos:

1.1. Eróticos
1.2. Recreativos
1.3. Intelectuales
1.4. Espirituales

2. ANTECEDENTES

Habiéndose diseñado los esquemas tradicionales de satisfactores cuya media estadística entre los Factores M y F dio los siguientes índices (porcentajes con base en el número de días de duración de la relación):

2.1. Satisfacciones eróticas:
2.1.1. Intensas 1%

2.1.2. Medianas 2%
2.1.3. Inconclusas 54%
2.1.4. Simuladas 36%
2.1.5. No perceptibles 7%

2.2. Satisfacciones recreativas:
2.2.1. Paseos y diversiones 5%
2.2.2. Visitas a nuestras mamás 15%
2.2.3. Ver televisión 80%

2.3. Satisfacciones intelectuales y sociales:
2.3.1. Conciertos, teatro, cine, etc. 2%
2.3.2. Lecturas comunes 0%
2.3.3. Exposiciones con coctel 3%
2.3.4. Reuniones y fiestas 5%
2.3.5. Ninguna 90%

2.4. Satisfacciones espirituales (porcentajes con base en números absolutos):
2.4.1. Alguna 0%
2.4.2. Ninguna 100%

Y considerando también que, con base en el presupuesto de gastos que se desglosa en el Anexo I, puedes ser definida como un elemento inductivo para el Factor M hacia el consumismo a través de la imposición de necesidades superfluas.

Habiendo fracasado todo intento del Factor M para:

a) Capacitarte en algo.
b) Motivarte a la participación cultural.
c) Concientizarte para la programación de gastos.
d) Estimularte en el disfrute de satisfactores eróticos.

e) Adiestrarte en la elaboración de alimentos higiénicos, económicos y comestibles.

f) Desarrollar en ti facultades de comunicación social.

g) Establecer una conversación interesante.

h) Evitar tu persona.

Se llega a la conclusión de que las expectativas previstas al iniciarse el programa de participación amorosa no fueron suficientemente evaluadas, ni se llevaron a efecto las encuestas elementales antes de que se diera por hecha la conurbación sexual correspondiente, etapa a la que debió llegarse hasta después de haberse obtenido una información suficiente y objetiva. En consecuencia, se fueron planteando en forma sucesiva las siguientes:

3. ALTERNATIVAS

3.1. Para el Factor M:

3.1.1. Separar la frecuencia de las entrevistas personales y de campo con el Factor F.

3.1.2. Alternar entrevistas personales con el Factor F, con entrevistas con Factores F1, F2, F3, etcétera.

3.1.3. Plantear decididamente al Factor F la conveniencia de que modifique sus programas a corto, mediano y largo plazos con respecto al Factor M.

3.2. Para el Factor F:

3.2.1. Quedarse programada durante sus tiempos libres por falta de participación, estímulos y asistencia del factor M.

3.2.2. Procurarse entrevistas con Factores M1, M2,

M3, etcétera.

3.2.3. Acudir a recursos naturales como el llanto, la noticia de que el Factor M será padre, los reproches escalonados y otros de menor estrategia hasta su agotamiento al no encontrar receptor sensibilizado en el Factor M.

3.3. Para ambos Factores:

3.3.1. Cancelar los programas, operaciones, y presupuestos, por acuerdo unánime de ambos o votación mayoritaria de dos, evitando procedimientos retardatorios como serían auditorías sentimentales, solicitudes de orientación e información, ajustes de cuentas, reparación de equipos usados, devoluciones, balances de pérdidas y ganancias, y demás trámites burocratizantes e ineficaces.

4. CONCLUSIÓN

En consecuencia, y habiendo considerado como la más factible, actualizada y eficiente la alternativa 3.3.1., hago de tu tierno y oportuno conocimiento su pronta aplicación, simultánea con la cancelación y liquidación definitiva y a corto plazo de este Programa de Estructuración e Instrumentación amorosa.

Tuyo, hasta la implementación y ejecución conducente de la conclusión indicada, te expreso las seguridades de mi más tierna consideración:

Lazlo

La cuerda
Fabio Morábito

La cuerda es una punta prolongada, obsesiva; o para ser más exactos, es una larga sucesión de víctimas, de ahí su pasividad, su descreimiento y su abulia; es una amalgama de moribundos. Piadosamente, antes de expirar, éstos han sido recogidos y apiñados en la cuerda; a cada instante esperan, casi parecen desear, el hachazo de gracia, el guillotinazo fulminante. Esta perfecta invertebralidad de la cuerda la acerca al agua como ninguna otra herramienta.

La cuerda, incluso, da la impresión de ser un agua amordazada. Frente al agua, que no permite otra manipulación que su envase, la cuerda parece representar la posibilidad de un agua menos dócil, no efímera, menos transitoria y más sedentaria, un agua más palpable, un agua hercúlea.

Pero vista de cerca se nos muestra como es: un rosario de rendiciones; en cada punto de la cuerda se palpa su postración, su infinita melancolía, en cada punto de la cuerda alguien pierde un combate y da su brazo a torcer; la cuerda es padecimiento puro; demasiado corpulenta para regenerarse como el agua, no tiene tampoco el empaque y la resistencia de lo óseo. Así, cada estímulo recibido por ella es una honda mortificación.

De ahí, quizá, lo invertebrado de la cuerda. La ausencia de un armazón conectivo debe verse en su caso como una defensa, pues funge de anestésico. Las partes reaccionan separadamente; no hay incendio común, no hay aniquilación; la cuerda es herible, puede ser diezmada, pero no es vapuleable. Cada segmento suyo vive aparte, es una pira; no hay trozos intermedios, todos son puntos finales, peldaños últimos. Así, en la cuerda, todo, trabajosamente, *sobrevive*. De ahí su maleabilidad que recuerda lo que es remanente, como la ceniza, el humo o el escombro. Ella misma es un incendio, una llamarada de muchas llamaradas. Esto define su santidad.

La santidad es prerrogativa de lo invertebrado. Lo primero a lo que renuncia un santo son los huesos; quien no sepa renunciar a sus huesos que mejor se olvide del asunto. Ser santo implica un relajamiento y un aflojamiento sin reservas. Mientras permanezca el menor indicio de un sostén o de un armazón internos, de un mínimo de coherencia hecha de apoyaturas, de refuerzos, de juegos de equilibrio, la santidad se torna una quimera o una hipocresía. Pues santo es aquel que no olvida renunciar un solo instante. La cuerda es eso, una convergencia de renuncias, y es la descripción plástica de la renuncia más ardua: la de respirar. Pocas cosas como ella retienen el aliento y se sumergen en sí mismas. La cuerda es, por decirlo así, la mano que siempre nos hace falta, la del medio, la mental, la profunda, la devota, que no traiciona ni deja huellas, la mano que ha renunciado a acumular y retener para simplemente extender el temple y la transparencia. Para establecer vínculos. Para dar aviso. Pues quien regresa después de algún tiempo a un lugar donde vivió, luchó y edificó, extraña ante todo las manos que dejó allí, los lazos y los nudos y las reciprocidades que logró asegurar. En fin, las cuerdas. Siempre se extrañan las cuerdas. Es la herramienta más espiritual de todas, la más imbuida de inconsciente, basta observar cómo alguien tensa, enrolla o desata una cuerda: una animación infantil se apodera de él, porque la cuerda es fácil, es el pan de las herramientas, y como el pan, a menudo, pasa inadvertida; como el pan, es uno de los pilares del sedentarismo. Con ella comienza la delegación, en cada cuerda el hombre deja un encargo y encomienda una tarea. El ocio sólo es posible cuando todas las cuerdas están tensas y ocupadas (¿qué son una máquina o un motor sino un ensamble de cuerdas?). Por eso produce una oscura angustia ver una cuerda ociosa, disipada en el suelo, al igual que un trozo de pan en el mismo estado. Porque lo mismo que el pan no tiene desperdicio, puesto que nunca le falta una boca que alimentar, así la cuerda tiene siempre un servicio que ofrecer.

Pero no le viene de eso su espiritualidad. Le viene de su absoluto voto de pobreza. No hay nada en la cuerda que no ayune; su vocación torácica es nula; se debe esto a su proceder a base de continuos relevos fibrosos; cada relevo es un ayuno y por el juego sabiamente desfasado de esos ayunos se hace la cuerda; merced al desacuerdo entre las hebras, que entregan su brizna de vida en una zambullida, la cuerda, como una madre, crea un cáñamo y una continuidad. Una multitud de arrojos forman una larga paciencia. O si prefiere: una multitud de exhalaciones componen una sola respiración. En ninguna otra herramienta la convergencia y el bullicio forjan tan maravillosamente un temple. De hecho, en ese hojaldre vegetal, en ese vórtice de hilos y fibras que es la cuerda, es casi imposible posar nuestra mirada propiamente sobre la cuerda. Pues una cuerda, una vez que acercamos el ojo, es una multitud de cuerdas; una cuerda, la verdad de las cosas, lo que se dice una cuerda, no existe; ¿pues quién tiene apretado ese bullicio de briznas e hilos? ¿Ella misma? ¿Pero desde dónde lo hace, desde qué lugar de afuera si está allí de cuerpo entero, si no era nada antes de ese cuerpo? ¿Quién, pues, sujeta y tensa los hilos de la cuerda? ¿Acaso Dios, acaso la ley de gravedad, o acaso, simplemente, como es lo más probable, nuestra incurable vanidad?

Nos han dado Cadereyta

RAFAEL PÉREZ GAY

Vine a Cadereyta porque me dijeron que acá la renta era baja. Mi madre me lo dijo. Y yo le prometí que iría a verlo en cuanto ella se fuera a Cuernavaca. Colgué el teléfono en señal de que lo haría, pues ella estaba por irse y yo en un plan de aceptarlo todo. "No dejes de ir a verlo —me recomendó—. Está así y está asado. Estoy segura que a tu mujer le dará gusto verlo". Entonces no pude hacer otra cosa que decirle que lo haría, y de tanto decírselo se lo seguí diciendo aún después de colgar el teléfono.

—No vayas a darles más. Exígeles la misma renta. Lo que están obligados a cobrarnos. El olvido en que tuvieron el departamento, cóbraselos caro.

—Así lo haré madre.

Pero no pensé cumplir mi promesa. Hasta que ahora de pronto comencé a llenarme de dudas, al ver las altas rentas de la ciudad. Y de este modo se fue formando un mundo alrededor de la esperanza que era aquel departamento de la calle de Cadereyta, en la colonia Condesa. Por eso vine a Cadereyta. Era ese tiempo de los salarios inservibles, cuando las quincenas dejaban ese olor a podrido de la necesidad incumplida.

—¿Cómo dice usted que se llama esa calle?

—Cadereyta, señor—, contesté.

—¿Está seguro de que esto es Cadereyta? —volvió a preguntar.

—Seguro, señor— respondí al mudancero.

—¿Y por qué se ve esto tan sucio, el edificio tan despintado?

—Son los tiempos, señor.

Yo imaginaba ver aquello a través de mis recuerdos, y los de mis padres. Después de que me fui, mis padres vivieron ahí siempre; nunca pensaron irse, pero se fueron. Cosa de los años. Y ahora yo vengo en su lugar.

Entonces vino el tiempo de la reconstrucción. Mandamos levantar los pisos de duela apolillada, se quitaron los tapices amarillentos de las paredes. Un albañil resanó con cierto toque de maestría los muros de los que se había apropiado el salitre años atrás, le compramos a Vinilium cuadros de losetas y los pusimos donde antes hubo mosaicos que fueron elegantes en 1940, cuando se inauguró el edificio. La pintura blanca logró una claridad insólita en los cuartos, un calentador Ascot automático aseguraba agua caliente las veinticuatro horas del día.

El baño fue otra victoria de la que se hicieron cargo los arbotantes, el piso nuevo, el yeso y la pintura de aceite. La herrería de las ventanas rejuveneció como las viudas que vuelven a casarse. Fue algo más que un maquillaje: los arreglos le devolvieron al departamento algunos años perdidos y le otorgaron una rara frescura de viejo feliz. En cierto sentido fue menos una cirugía plástica y más un cambio lento y amoroso que duró de septiembre a diciembre, cuando llegamos a Cadereyta con la confianza invencible de una herencia bien ganada.

Algo que combinaron la profundidad y la luz que absorbieron las paredes, el olor a nuevo de la alfombra color canela y las plantas que poblaron los rincones nos hizo sentirnos dos transformistas milagrosos. Durante días nos habitó un David Copperfield que nos hizo capaces de convertir un viejo departamento de la Condesa en un viejo departamento de la Condesa. Dirigimos con sabiduría patronal a un albañil —que en realidad era media cuchara, pero que cobraba más barato— como si fuéramos dueños de Cementos Tolteca y no fuéramos a remozar un apartamento sino a construir un Hilton, el Hilton de Cadereyta.

Ejercitamos de inmediato nuestra voluntad estrenadora. Ella limpiaba mosaicos y rincones con serios síntomas de neurosis obsesiva y colgaba y descolgaba cuadros como si su oficio no fuera el de redactora de una empresa de enciclopedias sino el de una decoradora apasionada por los estilos y las formas ornamentales. Yo tomaba cerveza como si fuera accionista de la Moctezuma y desempolvaba libros con la actitud de un bibliotecario sabio. Los libros malos se fueron a una caja condenada a muerte, o una biblioteca de Zacatecas; los otros, los imprescindibles, tomaron su lugar en el elenco de los libreros, o mejor de las tablas que forman nuestro librero. Una pirámide ordenó sobre el escritorio a estos bateadores de cuatrocientos: Cyril Connolly, *La tumba sin sosiego*; Gustave Flaubert, *Madame Bovary* y *La educación sentimental*; Borges, *Obras completas*; Racine, *Obras*; Stendhal, *La cartuja de Parma*; Steiner, *La muerte de la tragedia*. Estos amores que hacen que la gente se sienta más feliz y, a veces, hasta poderosa, se mezclaron con la mudanza y me provocaron una vanidosa sensación de triunfo íntimo que muchas veces da la literatura perfecta, amorosa, inolvidable. Desde el principio me gustó la tarja nueva de la cocina, la llave mezcladora del fregadero que daba al agua una tibieza ideal para lavar los trastes. También leía largo tiempo en el baño, por el simple placer de habitarlo más tiempo del que se lleva uno en entrar y salir más ligero. Víctimas de una sicosis tremenda de inauguración, adelantamos en unos días lo que debió tardar una o dos semanas. Nos adaptamos a las dimensiones, disertamos sobre asuntos superiores de decoración: la luz indirecta, los colores de las cortinas, la disposición de los cuadros, en fin, algo parecía amanecer entre el polvo de la mudanza y la forma en que nos íbamos apropiando del lugar.

Una mañana de diciembre, mientras ella se bañaba, el chorro de agua caliente se volvió un golpe helado sobre su espalda. Se sintió huérfana y defraudada. Maldijo y se cagó en los dueños de la empresa Ascot y las madres de los dueños que venden calentadores automáticos que no calientan el agua. Me animé a decirle, en medio de su ataque de histeria, que el agua fría era buenísima para la circulación. En efecto, fue un mal chiste, pero no era para tanto. No hubo humor que mitigara su coraje; se indignó como si yo hubiera dormido con una mujer que no era ella en nuestra cama. Nos herimos como sólo pueden y saben hacerlo dos esposos que se sienten ofendidos. El resultado fue que nos dejamos de hablar tres días por culpa de los hijos de puta de Ascot que venden calentadores que no calientan el agua.

Lo del agua fue una premonición trágica de lo que vendría, de lo que Cadereyta nos guardaba para los días de enero. Nos reconciliamos un viernes. Nos pedimos perdón como sólo pueden pedírselo dos esposos llenos de culpa por la cantidad de insultos gratuitos que se echaron a la cara y nos juramos moderar nuestros instintos asesinos. Los días de la mudanza nos obligaron, además, a una limpieza general de cajones y archiveros. El peligro no era, como parecía, tirar papeles y arrugarlos, sino hacer por acumulación uno de esos balances personales nefastos que tiene que ver más con los *boyscouts* y la iglesia católica que con la necia esperanza del futuro y las promesas que acaba uno haciéndose para un mañana que nos hará mejores. Pese a la reticencia, se arreglaron algunos papeles y se vaciaron cajones, pero no sacamos nada que tuviera que ver con la limpia disciplina, sino que pescamos una depresión atroz que se relacionó con lo inacabado de nuestras vidas, con lo definitivo de nuestras indecisiones.

Los demonios de Cadereyta se lanzaron, salvajes e implacables, sobre todo lo que tuviera que ver con nosotros. Encontraron una forma cruel y finísima de ablandarme. Otra mañana me levanté y murmuré como si hubiera visto el cadáver de un hermano: —Está muerto—. Ella se levantó de la cama descalza y corrió a verme, pero en el camino se estrelló contra una silla y casi se arranca el dedo chiquito del pie izquierdo. No me importó porque entonces yo me sentí un explorador perdido y aislado en Alaska bajo una tormenta de nieve sin precedentes. Y fui yo el del ataque y ella la incomprensiva. Maldije y me cagué en Teléfonos de México y en su Director.

Volvimos a pelearnos. Traté de herirla con los insultos más absurdos que se me ocurrieron. Me dijo que ella no era accionista de TelMex y que yo era un enfermo mental que no podía vivir sin el aparato. Mi vanidad sangró. Se fue a bañar con agua fría y yo me quedé tratando de resucitar al muerto dándole respiración de boca a boca, marcando números que no me comunicaron a ninguna parte, juntando los cables en la tapa del registro. Pero nada, estaba muerto. Dejamos de hablarnos un día entero por culpa de la infinita ineptitud de Teléfonos de México que instala redes que no sirven y se descomponen al primer aguacero.

En los días siguientes descubrimos con estupor otras desgracias: el color de la alfombra que le compramos a un español no era parejo, iba del canela al camello sin piedad alguna; cuatro focos nuevecitos se fundieron a la tercera encendida; las hieleras que estrené con un trago de whisky Passport se rompieron en el acto elemental de doblarlas para que los cubitos saltaran, las habíamos comprado esa misma tarde. No había duda, los demonios de Cadereyta trabajaban en silencio.

La mañana del domingo que siguió a los descubrimientos oí un grito en la cocina. Es cierto, exageré un poco, pero vi el departamento en llamas. Y es que la realidad apoyaba mi fatalismo porque el plomero que nos instaló la estufa dejó un sospechoso olorcito a gas. Cuando llegué la vi perseguir a una de las tres cucarachas gordas y saludables que usaron el horno de la estufa como caverna habitable. Las liquidé de una forma clásica y hasta con cierta maestría en el arte de matar insectos: a periodicazos. Las apachurré más con comprensión que con saña; a la última no fue necesario someterla con la prensa, se había condenado a sí misma, esa exploradora inexperta se hundía lentamente en un pantano de frijoles. No dejó de parecerme una cruel paradoja que estos animalitos que se supone serán los únicos sobrevivientes a una guerra nuclear fueran tan entregados a la hora de enfrentarse con la muerte. Fue desconsolador despertar a la vida una mañana de diciembre sin agua caliente, sin teléfono, percibiendo ese olorcito a gas y luego entrar a la cocina y verlas correr despavoridas después de pasar una noche orgiástica de cucarachas felices. La vida en Cadereyta fue, entonces, una auténtica Bolsa de Trabajo por donde desfilábamos como oculistas que le hacían ver su daltonismo al vendedor de alfombras prepersas, estrategas de una guerra a muerte contra los insectos, negociadores finísimos con el hombre de la camionetita de TelMex, abogados litigantes con la empresa Ascot de calentadores y empleadores desdichados de plomeros.

Las desgracias domésticas nos llevaron una noche a una discusión política. Agobiada por la ineficiencia y la chafería me leyó unas líneas del poeta colombiano Juan Gustavo Cobo Borda con ganas de que estuviéramos de acuerdo:

País mal hecho
cuya única tradición
son los errores.

Y a mí me dio entonces un inopinado ataque de nacionalismo. Respondí como si me hubieran

61

robado la cartera. Argumenté, mal, condicionamientos históricos, razones sociales lamentables y mal expuestas. Le pegué al inútil saco de boxeo de las relaciones de producción y al asunto de los servicios y a otros monumentos deplorables. Terminé perdonando absurdamente al tapetero que daba camello por canela, a los de Ascot, al plomero, a Teléfonos de México y hasta a las cucarachas. Al final, y transformado en un heroico liberal del siglo pasado —un Zarco iracundo— para echarlo todo a perder le dije que si no le gustaba el país se fuera para siempre al extranjero. Ella aguantó la andanada, me oyó tranquila y me vio como se mira a un hombre desesperado. Y nos dormimos con el sabor triste de las discusiones estúpidas y nos sentimos el matrimonio más infeliz del mundo; sin decírnoslo, esa noche nos preguntamos si habíamos elegido correctamente con quién vivir, si no nos habríamos dejado apresurar por la usura de los días porque, en efecto, durante esos días nuestra vida se parecía cada vez menos a nuestra vida.

A la mañana siguiente desayunamos con ganas de perdonarnos. Curamos las heridas con café y huevos y jugos de naranja y una plática como hacía tiempo no teníamos. Cobijados por la certeza de que las cosas cambiarían, olvidamos los tropiezos domésticos. Nos sentimos tan felices que abrimos la puerta de la azotehuela como si ésta diera a un profundo jardín de castaños y eucaliptos y no al paisaje del lavadero y los tanques de gas. Nos acercamos al sol, hablamos de tener un hijo si las ganas y los sueldos lo permitían, y nos fuimos a coger con la ansiedad de dos adolescentes hasta que la tensión se volvió un animal feliz, débil, acezante.

Fue una imprudencia imperdonable. No la plática ni lo del hijo, al fin y al cabo natural cuando en el reloj suena la hora de los treintas; tampoco la cogida furiosa sino, como supimos más tarde, lo de la puerta de la azotehuela, porque entonces pasó lo que tenía que pasar.

Nos levantamos desnudos buscándonos en la piel las huellas del otro. Como las caricias que le siguen a un orgasmo o el sueño profundo que viene después de tal, me acarició la figura de lo que me había dicho mi hermano, un poco con humor, un poco lamentando mi regreso a Cadereyta: —De ese piso apolillado saldrán una noche todos los gritos orgásmicos de todas las mujeres, las tuyas y las mías, que gozaron en Cadereyta; de ahí van a emerger todos los amores, felices y desdichados, de veinte años de Cadereyta—. Esperé a los fantasmas para recibir algo del calor que el tiempo no degrada, pero no llegaron. Se perdieron para siempre. Lo mismo pasó, es cierto, con las ilusiones adolescentes que poblaron Cadereyta durante años con los negocios de mi padre o la sabia persistencia de mi madre. Pensé en una línea de Borges que dice que sólo es nuestro lo que perdemos y quise acomodarla a los últimos tiempos, a los meses que desembocaron para Emilia y para mí en la mudanza. Pero por esos días sólo era nuestra la dificultad diaria, tan elemental y simple como invencible, de la vida de todos los días.

El asunto entonces, acaso por la debilidad extraordinaria que inyectan las cogidas intensas, iba por el camino lleno de trampas de la nostalgia. Pero Emilia y yo tuvimos que recurrir a otras trampas, más prácticas y urgentes, porque los demonios de

Cadereyta se empeñaron en dificultarnos las cosas esa mañana cálida de enero en la que el tiempo se suavizó, fugaz e inmerecido. Fue una aparición. Primero la vio ella y fue a verme al baño con la expresión de intriga de quien oculta un secreto esencial: un ratón se había metido por la puerta de la azotehuela.

La escena tenía algo de prodigio mágico. Un repudiable animalito negro y peludo corría por el comedor. Eludió con giros de atleta todos los escobazos que torpemente le tiramos con más miedo que precisión. Estoy seguro de que se rió hasta que le dolió el estómago sucio de ratoncito atroz. Como será fácil suponer, se nos escapó. Se deslizó con agilidad de cirquero por debajo de la mesa, atravesó la estancia y se fue a meter al sofá de la sala. La cosa no tenía remedio, nos habían invadido. Ella trató de convencerme de que seguro el pobre animalito estaba muerto de miedo, temblando entre la pajilla y la tela del sillón sin saber a dónde carajos había llegado, a qué mundo de locos se le ocurrió meterse. No quise hacer psicología, aunque refuté que entonces ya éramos tres los muertos de miedo en ese departamento.

Borré todo énfasis, anulé todo grito patético. El ejecutivo que uno trae dentro afloró cuando menos lo esperaba. Me vestí y salí a la tlapalería con la decisión de quien va a cometer un crimen. Le pedí a Don Lupe, el tlapalero de La Estrella, el veneno más letal, virulento, terrible que pudiera haber producido en los últimos tiempos la industria químico-farmacéutica. Don Lupe me miró con compasión y sin pronunciar el nombre me dijo:

—¿Qué, es grande?

—Enorme, y además es agresivo— le respondí. Me sugirió avena azul, un polvo que se llama *Cena Mortal* —en serio— y otros menos fuertes. Le pregunté con un odio perfectamente asumido si eso lo haría sufrir, porque de eso se trataba. Entonces me miró con una mezcla indiferente de asombro y comprensión y me puso sobre el mostrador una serie de trampas maravillosas y terribles. Con picos, sin picos, con cuchillas filosas o simples ratoneras clásicas. Aquello parecía más bien los separos de la Procuraduría. Había incluso una trampa inspirada en El Pocito: en una jaula cae el ratón despistado y luego se le hunde en una cubeta llena de agua hasta que el Innombrable pida perdón de rodillas por haber perturbado una mañana de amor a la que no le faltaba nada para parecerse a la felicidad. Salí cargado de trampas y venenos. Las coloqué pensando detenidamente cómo y por qué deberían ir en ese lugar como si no fuéramos a matar un ratón sino al Destripador, al Destripador de Cadereyta. Puse la última charola venenosa y nos fuimos de la casa.

Regresamos en la noche, cantando y chiflando, no porque estuviéramos felices, sino para ahuyentar con nuestro ruido al huésped indeseable. Nos encerramos en el cuarto y nos debatimos entre el abandono y la lástima. Emilia leía *El Hobbit* y yo *Pedro Páramo*. No leímos nada pero nos dormimos rápido, sabíamos entonces mejor que nadie que no hay nada más fácil en la vida que el arte de lo cotidiano, un arte mucho más fino y complicado si se comparte con alguien. Nada más fácil que encontrar un talento para las cosas diarias; toparse con uno así es tan improbable como encontrar a un gran poeta o un novelista impecable.

La cosa era de preocupar. No había agua caliente, el teléfono seguía muerto, no conseguíamos a ningún plomero y por si fuera poco el departamento era un campo de refugiados por culpa de un ratón cínico y aventurero. Lo imaginé debajo de la estufa, en su estudio, comiendo migajas, agradeciéndole a la vida su nuevo hogar. Y además, no me había equivocado, era un ratón atlético, algo inaudito: se comió el queso de la ratonera sin dispararla siquiera, no tocó la avena azul y los polvos *Cena Mortal* estaban intactos. O sea que además lo alimentábamos con buen queso. Y ni rastro de él. Regresé de la tlapalería con un veneno que parece pasta de dientes Crest.

—Y si con esto no se muere, nos untamos el veneno en unas galletas Habaneras y nos las comemos en un Guyana doméstico de la Condesa —le dije a Emilia. Unté varios triángulos de tortillas viejas y los coloqué en los mismos lugares donde antes estaba la inservible avena azul. Al otro día faltaba un triángulo. Lo celebramos en grande, sacamos cervezas del refrigerador, pusimos botanas y bailamos como si nos hubiéramos sacado la lotería. Las cosas no pararon ahí. Días después, un domingo, tocamos fondo. Mientras Emilia cortaba las enredaderas de la azotehuela y las dejaba flamantes, como jardín babilónico, del laberinto vegetal bajó una rata de dimensiones monstruosas. Extrañé al ratoncito amable mientras ella gritaba paradójicamente encerrada afuera, en el patio. No supe si irme para siempre o llorar ahí mismo cuando la vi gorda con su gran cola rosa.

Rescaté a Emilia con habilidad de guerrillero libanés, cerramos la puerta y con ojos azorados la vimos irse a un rincón moviendo sus manitas ante el hocico, como si se preparara a desayunar.

Recurrimos entonces a otro método: le pusimos precio a su cabeza. Salí del departamento y toqué a las puertas de la esperanza. Les dije a la portera y a su hija que en mi casa había una rata feroz enormísima y que además había una recompensa para el que la matara. Todo se volvió una película del Oeste, *Notorious Cadereyta*. Llegaron armadas de escoba y trapeadores. Eran dos jinetes aventureros sin miedo a nada en la vida porque la vida ya no les guarda sorpresas. Entraron al pueblo de *Azotehuela*. Localizaron al forastero y lo persiguieron mientras trataba de huir por el acantilado del lavadero. Luego, como último recurso desesperado, la rata se fue al bosque de las enredaderas y al final la atraparon al pie de las torres de los tanques de gas. Y la molieron a palos. La bestia chilló su destino como personaje de Racine. La tragedia terminó con el cadáver a la mitad de *Azotehuela* mientras Emilia y yo la veíamos y yo pensaba en *El hombre de las ratas* de Freud y me negaba a creer que necesitara un psicoanálisis urgente. La portera y su hija cobraron la recompensa y sugirieron algo que me pareció genial, acertadísimo: dejar al animal muerto ahí durante unas horas, como escarmiento para todas las de su especie, para que vieran la muerte espantosa que buscó. Porque, dijo la portera, y yo le creí, esos animales son inteligentísimos. Entonces Cadereyta fue por unas horas triunfales, tranquilas, satisfechas, la *Alhóndiga de Cadereyta*.

Siendo papá
Dante Medina

Jaime, en efecto Jaime, beber es el infinitivo frío
del verbo (nunca te he hablado de los verbos fríos)
(?). La conjugación es la siguiente: presente: bebé;
futuro beberé (equivale a tener a una o la mujer sin
aristas); pasado bebió (aquél que tuvo un niño):
bebaba también existe —s—: el que solía tener hijos.
Bebear equivale a ser muy infantil. Bebistrajo debe
evitarse; es una mala palabra —en algunos lungares
(en ningún "lugar" se usa este verbo, sólo se le ha
encontrado en los lungares) es un sonido familiar
para designar a los niños en edad escolar. Estar
bebeteado tiene dos significados, o: andar loquísimo
porque se es papá novato; o: hacerle al puro, al
ángel; y a veces: estar chorreado simplemente.
Bebase es un subjuntivo que indica el deseo de
mamear —una forma similar pero en imperativo es
bébase: orden que se les da a las mujeres con la
intención de que se sometan al embarazo. Ser
bebase: se dice de una mujer de la que nos gustaría
tener un hijo; estar bebable (no confundir con bebible,
de connotación —esta palabra tiene enitis nn—
marcadamente herótica) es reconocer los fuertes
atributos mamíferos de una mujer cualquiera. Bebeerse
(cf. estar bebido) describe un estado de ensoñación;
dejarse llevar, ausentarse mentacorazonamente: tener
la mente del corazón con sabor a menta. El Bebilismo

es un vicio de difícil descripción, apreciado sin embargo en algunos lungares: hace de símbolo de la eficacidad y de la hombrachía. El gerundio Bebiendo es francamente obsceno por la iluminación de la presencia: normalmente se está bebiendo de dos en dos y escondi-dos. Estar bebida —y más especialmente estar bebido— es un insulto que provoca reacciones violentísimas. Andar en la bebida no es igual a andar con la bebida; el primero es una alusión previa y el segundo alude a una constatación, a una certeza. Gustarle a alguien la bebida es más grave en Lungares para los hombres que para las mujeres. El bebeísmo es una enfermedad en prosa. Estar bebísimo se refiere a un estado pilífero de apremiantes y netas directrices. Una bebera es una mujer indiscriminante, cuyo sentido de la elección ha casi desaparecido; su capacidad de aceptación hombrera es de admirar. Llevar a jugar al bebé es muy feo. Sacarle el bebé a alguien es de sensible mal gusto. Lo mismo que: ayudar con el bebé, beber de la misma botella (hemos censado, p.e.: esos de ahí beben de la misma botella. Variante: traer una botella para muchos; pasarse la botella), beber en botella prestada, vaciarle la botella a otro, ser un bebioso de la botella, cargarle la botella, bebiársela a un prójimo —u próximo—. Más malsonantismos: ser rápido de bebé; beber a diestra y siniestra; andar bebando sin fijarse, ser beberrísimo. Entretenerle el bebé a alguien es también cuentearlo, calmarlo con palabrería inventándole cosas, y para destapar una engañatifa que acaba de terminar y que permite al bebófilo entender que puede irse, se dice: Beba.

Caen trozos de cabello en las peluquerías del mundo
Luis Humberto Crosthwaite

A Sandra Guzmán

I almost cutted my hair
it happened just the other day
David Crosby

Para muchos, cortarse el cabello es una cosa normal. Para mí, ponerse en manos de un extraño entijerado es una de las peores pesadillas. Se lo trato de explicar pero ella no entiende, mi nueva esposa en la noche, cepillándose el pelo, limándose las uñas.

Al cabello le tengo un amor casi supersticioso. Cumple una función vital, purifica el organismo, resguarda de los malos espíritus y mantiene la salud mental. Mi nueva esposa se dispone a dormir. Decide no hablarme.

Recuerdo la primera vez que entré a una peluquería. Yo era un chiquillo inocente, ingenuo ante la vida, crédulo a morir. El viejo cortapelo era mañoso, siniestro, patibulario. Acomodó un banquito en la silla móvil para que me sentara. Sonreía con dos o tres dientes de plata mientras manipulaba mi cabeza como si fuera un sartén. Miré caer los trocitos de cabello y sentí que la vida se me iba, que salía de mí como el alma de los aborígenes cuando alguien les toma una fotografía.

No volví a ser el mismo, mi mundo perdió su inocencia, su color. Lloré mis mejores lágrimas en esa peluquería.

Le digo a mi nueva esposa: el cabello debe ser dejado en paz.

Ella bosteza. Decide ya no mirarme.

Al transcurrir el tiempo, el peluquero se ha ido extinguiendo como inútil dinosaurio, ha tomado forma juvenil y ha cambiado su nombre. ¡Pobres de nosotros los que caemos en manos de los estilistas creyendo sus propuestas de un mundo mejor!

Con ellos, el resultado es el mismo: cabello al suelo, barrido al final del día y entregado a la basura como trapo sucio.

Todos son iguales. Se acercan a tu oído y te murmuran conjuros tratando de adormecerte. Serás un hombre distinto al despertar, nunca lo que tú habías querido ser.

Le digo a mi nueva esposa: son hechiceros. Ella casi está lista para dormir. Decide no tocarme.

Entonces, ¿por qué ponerse en manos de los entijerados? Tiene que ver, antes que nada, con la educación familiar. Nuestros padres siempre estarán ahí para recordarnos que el corte militar es el mejor, que hasta Elvis Presley se cortó el cabello cuando se fue a la guerra, que hasta John Lennon lo hizo cuando dejó a los Beatles. ¿Cómo combatir ese razonamiento en la adolescencia? Tal vez lo mejor hubiera sido reclamar: "¡Pero, jefes, Elvis murió gordo y desolado mientras que el bienamado John fue baleado frente a su casa!" No lo habrían comprendido de todos modos y uno siempre acabaría en una lenta y alicaída marcha hacia la peluquería.

Escucho a mi nueva esposa en el baño. Ella cepilla sus dientes. Nada quiere saber de mi.

Estoy perdido, lo sé. Mi nueva esposa se acuesta a mi lado y su mejor perfume impregna la recámara. Se ha puesto el camisón azul que tanto me agrada.

La pérfida.

La he visto esconder las tijeras bajo la almohada, la he descubierto y ahora finge dormir, mujer alevosa, mujer falaz, mi nueva esposa.

Yo también fingiré dormir y al sentir sus manos en mi cabello, muy a mi pesar, callaré dejando que sus manos hagan lo suyo, abandonándome en la calvicie y el trasquile. Mañana, en la noche, mi nueva esposa tendrá de nuevo palabras dulces y tacto suave para mí, tratando ella de compensar, de explicarme lo bien que me veo así, sugerirá un traje, sugerirá corbata, tarjetas de presentación, en fin, ella no entiende: mi cabello corto, la vida perdida. Esta es, sin duda, la triste historia de un hombre sin paz en el alma.

Rocío Baila
Guillermo Samperio

Olga baila en la ventana...
Salomón Villaseñor Otero

Rocío baila bajo la tela frágil de su vestido negro una danza de certezas que obliga a su cuerpo a formar constantes símbolos inéditos del transcurrir; los puntos blancos del vestido en la noche ajena y en la de Rocío son un delicado, frívolo, ágil, decadente, fugitivo cosmos que dibuja los femeninos malabares de sus brazos, las bondadosas contorsiones de la cintura y los gestos dolorosos y cálidos de su faz.

Crean en el aire de sombras una mágica sucesión de esculturas móviles, configuraciones cambiantes del erotismo.

Rocío baila en el borde de esta noche, sus muslos morenos penetran y abandonan la penumbra; a momentos son parte de la oscuridad y la traicionan luego para ser ellos la noche misma, las firmes y ligeras piernas de la noche.

Rocío baila en el fin de los giros oscuros y sobre el piso sus pies delinean novedosos signos del zodiaco.

Leyendo a *Moby Dick*
PEDRO ÁNGEL PALOU

Soy una ballena gris. Cada invierno llego a Baja California. Se dice fácil, ¿no?, pero para lograrlo tengo —tenemos los cientos de gigantes peregrinos que hacemos la travesía— que atravesar diez mil kilómetros, partiendo desde el Océano Ártico, cerca de lo que llaman el Estrecho de Bering.

No, eso no sirve. Tengo que ser más preciso: soy una ballena gris que acude en este invierno a un rito. Los científicos lo llaman celo, y a sus inevitables consecuencias: reproducción.

Tampoco va directamente al grano. De hecho les he estado mintiendo. No soy una ballena gris, sino un ballenato. La precisión es útil porque la historia de este viaje forzoso está condicionada por mi vulgar aspecto de adolescente. Llego a la parte más difícil de aceptar, pero tengo que ser sincero: vine a cuidar a mamá.

Sé que no es sencillo aceptarlo. Tantas lecturas sobre ballenas han transtornado la imaginación humana. Ni Pinocho o Jonás nos han hecho tanto daño, sin embargo, como los barcos balleneros: aceite, uso de nuestras vesículas biliares para curaciones, bigotes para limpiar —en China— pipas de opio, e incluso nuestros órganos sexuales, utilizados como afrodisiacos. No puedo soportar la idea de que mi bisabuelo haya muerto para ser convertido en tanta vanidad.

Como se habrán dado cuenta, me he ido —de plano— por la tangente. No es de problemas ecológicos, aunque estén de moda, de lo que quiero hablar. Capto rápidamente la relación: mi libro favorito, como ya ustedes habrán supuesto, es *Moby Dick*. La guerra contra una ballena, y su defensa final —su estoicismo— es en realidad un pretexto para mi empresa.

En esta otra guerra mamá no sabe —y no quiere— defenderse. Alguien, entonces, tiene que tomar la iniciativa, "agarrar a la morsa por los colmillos", como se dice. Debo ser más claro para no poner en peligro mi heroicidad: soy un ballenato que lucha porque su madre no tenga relaciones sexuales. Disculpen la brusquedad con que lo digo, pero no tengo otra manera de expresarlo. Sí, sí, ya lo sé: van a salirme con el rollo de Freud: soy un ballenato edípico, y todas las enfermedades sicológicas se curan. El método —según me han dicho— no es tan difícil. Uno se acuesta en un diván —en lugar de hacerlo en la barra de un bar— y empieza a hablar de sí mismo, como lo haría un borracho. La enfermedad es vencida cuando el paciente acepta su complejo. Ese es precisamente mi problema: yo sé que estoy enamorado de mamá, y me repugna que el gordo idiota que la corteja vaya a salirse con la suya.

Mi abuelo me contó que en la Segunda Guerra Mundial nuestra participación fue decisiva. Durante, y unos días antes del bombardeo a Pearl Harbor, los norteamericanos captaron cientos de señales submarinas y se sintieron sitiados por la rasgada armada japonesa, cuando en realidad se trataba de nuestro canto. No soy como otros animales que carecen de voz. Yo sí puedo ir con ese tipo y "cantarle claro" que no voy a aceptarlo como amante de mamá. Aunque eso no serviría de nada: él ya estaría pensando en Ensenada, el calor, la playa, y su respuesta sería sólo una sinfonía amorosa —desafinada, claro— dedicada a mamá.

Las ballenas —voy a contarles una intimidad— somos irremediablemente miopes, así que son esos sonidos rebotando los que nos permiten comunicarnos. Al llegar a la laguna Ojo de Liebre empezarán los cantos amorosos y yo tendré que participar en un acto que me repugna. Desde que el SIDA amenaza a las especies, nuestro papel es más difícil. Me explico. Para los hombres hacer el amor es sencillo: lo hacen y ya. Las ballenas requieren de tres ingredientes: paciencia, experiencia y ¡un ayudante que, sumergido en el agua, los ayude a salir a flote cada determinado tiempo! En este caso se supone que mamá se tenderá de lado, el tipo hará otro tanto, y yo pasaré por la peor humillación de mi vida. Ya estamos en San Diego para cuando anoto esto, así que en tres días tendré que tomar una decisión. Dos opciones me restan: matar al amante o quedar en el papel de tercero, de estúpido.

Vale una reflexión pequeña, una ballena no se separa de su madre en siete meses y se alimenta con ciento cincuenta litros diarios de leche de sus mamas. Después, es lógico que se enamore de su madre.

Todas las parejas, se entiende, viajan acompañadas de algún ballenato, o alguna ballena vieja que los ayude, aunque las ancianas acallan después y mueren. Todos sabemos qué es lo que nos toca hacer, cuándo y dónde: lo hemos ensayado en el Polo hasta el cansancio y ahora tenemos que cumplir con nuestro deber solidario para la especie. El viaje no es solitario. En algunos momentos los ballenatos nos separamos y platicamos entre nosotros acerca de la travesía. No pocos perecen, de cualquier forma.

Ayer dejé mis reflexiones por un asombro. A otra pareja de ballenas la acompaña una ballenata hermosísima. No pude menos que extraviarme en la contemplación de sus incipientes curvas y declararle mi amor.

Claro que hay que esperar: los ballenatos no pueden hacer otra cosa que besarse, y por cierto Myrna lo hace maravillosamente. No cabe duda de que un clavo saca a otro clavo. Que mamá se quede con su regordete. No me importa más. Su vida es un papalote y puede echarla a volar. Con quien quiera, donde quiera. Nunca entienden las mujeres lo que les conviene y lo que no les conviene. Yo los ayudaré en su acto sin preocuparme ni ponerle mente y quizá el próximo año vuelva a atravesar estos diez mil kilómetros con Myrna —vale la pena—, y la playa, Ensenada, el calor, ustedes saben, ¿no?

Narciso
Luis Miguel Aguilar

Ahí estuvo el momento —me dice Sigmund Freud—. Regrésela usted al punto en que la madre se pelea con el padre débil, Ralph, que acaba de destrozar el retrato de Berry-Berry, el hijo mayor, y se pelea también con el hijo menor ya desafiante, Clinton, y recoge el retrato despedazado y grita que ella amará a Berry-Berry haga lo que haga, porque es Su Hijo. En la videocasetera estamos viendo una película de John Frankenheimer: *All Fell Down*, traducida al español como *Cada quien su propio infierno*. Karl Malden en el papel de Ralph, el padre; Eve Marie Saint en el papel de Echo; Warren Beatty en el papel de Berry-Berry; Freud y yo aceptamos que no sabíamos quién era la actriz que hacía el papel de Anabella, la madre, pero que bien podría ser una variante de Shelley Winters ya en sus cincuentas; Freud y yo tampoco sabíamos el nombre del actor que hacía el papel de Clinton, el hermano menor. La película es una versión hollywoodense de la fábula de Narciso y Eco.

—Ahí, ahí está el momento— vuelve a decir Freud ya que apreté el botón de regreso—. Ponga pausa, congele la imagen. Lo que estamos viendo es algo apenas disfrazado. Berry Berry / Warren Beatty / Narciso está tocado por el útero; nunca más saldrá de ahí, o mejor dicho, nunca más encontrará el modo de regresar ahí. Y la madre se ha encargado de que así sea: si no puede retenerlo con ella, que al menos el llamado ignoto y eterno del útero siga revolando sobre él. Y el padre, abismado ante su hijo al que ha tratado como un espejo, y una vez que se siente culpable e incapaz de manejar su propia frustración porque el espejo acabó dando una imagen distorsionada, se da cuenta de que ha permitido el crecimiento de ese monstruo encantador, ese Narciso.

—La autosuficiencia acuática —le digo.

—En efecto —dice Freud—. Yo nunca lo habría formulado así pero usted tiene razón. La flor final en su estanque, enamorada, pese a todo, de sí misma. La primitiva oscuridad del útero es la claridad posterior, civilizada, que Narciso busca y cree encontrar en los espejos, en el agua, en la botella de alcohol, incluso en las lágrimas. Vea usted a Berry-Berry: cómo llora después de que dejó embarazada a Eve Marie Saint, a Eco, y no pudo comprometerse, como dicen hoy. Ahora Eco se ha matado en su coche y Warren Beatty se permite el último placer egoísta de Narciso: el dolor. Las lágrimas son un espejo quebrado, un estanque roto, pero para Narciso son finalmente otra forma de la autosuficiencia líquida que usted dice: el dolor es incompartible, es el último placer de Narciso viéndose sobre el agua triturada.

—Hablando de líquidos, ¿le sirvo otro trago?

—Cómo no —dice Freud—. Pero antes quite la pausa para que yo siga viendo la película. Usted ya la vio, ¿no? De cualquier modo ya sabemos qué va a pasar: Berry-Berry se quedará solo, en su estanque inamovible y definitivo, y Clinton, el hermano menor, hará lo que no hizo el padre débil: romper el espejo de Berry-Berry, marcar las distancias frente al útero de la madre, volverse un individuo; dejar a los padres, perdidos en su admiración por Berry-Berry, enfrentados a un estanque roto que ya no los puede reflejar a ellos, porque ni siquiera tienen posibilidad de compartir el dolor del hijo, del mismo modo en que nunca antes pudieron compartir el brillo que al parecer irradiaba Warren Beatty / Berry-Berry.

Freud tiene razón: después de la muerte de Eco, Clinton, que por supuesto la amaba, toma una pistola y va al burdel de la esquina a matar a Berry-Berry. Escondido tras una cortina, Clinton ve llorar amargamente a Berry-Berry mientras una puta lo increpa y le dice que no sabe amar, que es un fraude, etcétera. Berry-Berry descubre a Clinton y le implora que lo ayude; Clinton le dice que él no odia la vida, al contrario de Berry-Berry. Clinton lo deja a las afueras del burdel, con todo el peso de la vida y con la mañana encima, y ya no le parece necesario dispararle la pistola a Berry-Berry.

Cuando regreso de la cocina con los tragos me encuentro a Freud tratando de mover los controles para buscar otro canal, pues la película ya acabó.

—Por cierto que la televisión es un estanque perfecto para Narciso— me dice.

—O sea que usted —le digo—también es uno de ésos: de los que piensan que la década de los ochenta es una década narcisa, puro escaparate y videoclip, el fin de la fraternidad, cada quien para su espejo, tele-aerobics y *body-building*, etcétera. No estoy de acuerdo. Los ochenta fueron mi década favorita.

—Mire, no sé de qué me habla pero el punto es el mismo: Warren Beatty / Berry-Berry es libido dirigida a sí mismo.

—Warren Beatty / *Is so pretty*, / *Oh how pretty* / *Is Warren Beatty* —digo, mensamente.

—¿Qué? —dice Freud.

—Nada. Perdón. Es un chiste de la revista *Mad*.

—Mad —dice Freud—. Una palabra muy extraña como para ponérsela de nombre a una revista. El caso es que Warren Beatty, Pretty Pretty, Berry-Berry, o Very Very, o bien Narciso Precioso y Preciso, o como se llame, cuando ama, no ama; cuando no ama, se odia; se odia porque no ama nada más que a sí mismo.

—Oiga Freud —le digo— usted me habla como con puros lugares comunes.

—Pues es que usted es un ignorante en la materia, aunque dijo usted algo importante: la autosuficiencia líquida.

—Acuática.

—Acuática. Es lo mismo.

—Pero usted habla como si fuera dueño de todas las certezas.

—Mire, no me repita eso. Yo traté de hacer las cosas lo mejor que pude.

—Bueno, usted no. Pero sus seguidores: todos hablan como si supieran para siempre. Todos quieren destejer el arcoiris.

—Qué buena cosa: "destejer el arcoiris".

—Es de John Keats.

—Yo nunca me he metido con los poetas.

—No, yo sé. Incluso dijo usted que los poetas habían descubierto el inconsciente desde siglos atrás.

—Y luego quién es el que habla con lugares comunes.

—Bueno, puedo mejorarlo. De cualquier modo los poetas lo han retribuido. Wallace Stevens dijo que el ojo de usted tenía "la potencia del microscopio". Y a su muerte, hace años, Auden escribió que estaba triste "Eros, constructor de ciudades", y que también estaba triste la anárquica Afrodita.

—No conozco eso, pero le agradezco que lo recuerde.

—Pero insisto en que sus seguidores sólo quieren destejer el arcoiris, cuadricular el pecho femenino, volver al útero un marco teórico, hacer de Narciso / Berry-Berry un siniestrazo (*Unheimlich*). O sea que quieren acabar con el cine.

—Los ataques de siempre —dice Freud—. Además, usted es un ignorantazo. ¿De dónde sacó que *Unheimlich* es siniestro? Mire, nunca se trató de destejer el arcoiris sino, digamos como dirían hoy, de bajarle de llamas al infierno.

—No, por favor no se ofenda. Usted es un bardo judío, un poeta dramático. Como al pulque frente al filete, a usted sólo le faltó un grado para ser Dostoievski.

—No sé si es un elogio o un insulto. Oiga, estos puros que fuma usted son malísimos.

—Pero la película que le pasé es buenísima.

—Es buena, sí.

—Y buena a secas, sin interpretaciones.

—No se haga. Usted me invitó aquí para las interpretaciones. ¿O qué piensa usted de Narciso / Berry-Berry?

—¿Se lo digo feamente? A todo hombre le gusta oler sus propias cosas.

—Lo ha dicho muy feamente, en efecto. Yo diría que el hombre se ama ante el espejo no porque sea Warren Beatty —*is so pretty*— sino porque es *él*. Frente al espejo, el jorobado cree que su joroba es parte de las ondulaciones del estanque, y no de su propio cuerpo *estancado*.

—¿Ve cómo es usted un poeta?

—No se burle.

—No me burlo. Usted escribió incluso un verso al respecto: "El Narcisismo, supongo, madurará durante el verano". Es genial. Es un gran proyecto.

—Con usted no se puede. Eso no es un verso. Es parte de una carta que le escribí a mi discípulo Ferenczi y quería decir que mi estudio sobre el narcicismo estaría finalizado, probablemente, para el verano de 1913.

—Pues ahora quiere decir otra cosa. Es un verso.

—Le digo: es usted incorregible. ¿No tiene mejor otra película?

Entonces puse en la videocasetera la película *Pasiones secretas*, de John Huston y con Montgomery Clift. Con sorpresa y atención, Freud vio esa cinta sobre su vida. Al terminar le pregunté:

—¿Sobadita de ego, doctor Freud? ¿Qué cuenta Narciso?

—Bueno— dijo Freud soltando una bocanada de humo al techo y dirigiéndome una mirada de complicidad—. En la superficie de ese estanque de vidrio, no lo hicimos tan mal Monty Clift y yo, ¿o sí?

El tipo del coche
Paco Ignacio Taibo II

—¿La fecha? ¿Recuerdas la fecha?

—Debía ser por ahí de 1974; hacia fines de año, creo. Me parece recordar que hacía frío. A lo mejor era por la hora. Si me preguntas, diría: "mediados de noviembre", no sé por qué, me late, suena bien eso de "a mediados de noviembre".

—¿La colonia, las calles?

—Era una colonia de aluvión, no sólo por la forma como las casas parecían haberse ido colocando una contra otra, como para sostenerse; también porque las calles eran como lechos de río vacíos, de los que sobresalía tierra mal aplanada por el paso de los coches, y piedritas y rocotas, y la basura como barrida hacia los lados por una fuerza misteriosa que le hacía a la higiene. Supongo que cuando llovía las calles se volvían ríos, el puro pinche Amazonas bajando hacia el Periférico. El nombre de la colonia no lo recuerdo. Una de ésas, de lo que llamábamos "los altos de Mixcoac", por Santa Fe, en el rumbo de las minas de arena, entre el Periférico y las barrancas.

—¿Dónde se quedó el coche?

—En una calle lateral, después de subir siete cuadras, dos a la derecha y luego una lateral, enfrente de una tiendita de abarrotes (francamente no recuerdo la tiendita de abarrotes, pero debería haberla, siempre hay una).

—¿Cuántos bajaron?

—Tres, y se fueron caminando rapidito, frotándose las manos. Por eso recuerdo que hacía frío. Se fueron calle arriba.

—¿Quién era el tipo que se quedó en el coche?

—Yo.

—¿Cómo fue la espera?

—Como todas. Traes libro y lees a ratos, bajas a la tiendita y te echas un refresco, compras cigarrillos, vuelves, te sientas, lees, piensas, vuelves a leer, fumas, primero dejas caer las colillas por el agujerito de la ventana medio abierta, luego abres la ventana del todo y los avientas de un garnuchazo, lo más lejos que puedes; lees, ves pasar a un niño, a una señora con una canasta de papas, fumas, lees.

—¿Qué refresco? ¿Qué marca de cigarrillos? ¿Qué libro?

—Un escuert... delicados sin filtro... *Los albañiles*, de Leñero.

—¿Y qué hacías en el coche? ¿Por qué no fuiste con ellos?

—Vaya... Ya era hora. Yo estaba en el coche porque a mí no me conocían en la fábrica...

—¿Qué fábrica?

—Iberomex, una fábrica de embutidos.

—¿Y luego?

—Pues no me conocían. Yo no tenía nada que hacer allí. sólo estaba para cubrir a Silvia, al Chiapas y al Abel, para discutir con ellos lo que pasaba, si pasaba algo. Iba de guardaespaldas ideológico, de ángel guardián táctico.

—¿Y ellos?

—No, ellos sí tenían qué hacer en la fábrica. Al Abel lo habían despedido hacía una semana, y habían estado a punto de desbaratar con el despido un trabajo de tres meses, todo, se podía haber ido a la chingada, porque el trabajo que se había hecho era de grupito, de un grupito de seis o siete, preparando una revisión de contrato, pero no se había hablado con la raza...

—¿Qué raza?

—Los trabajadores de la empresa, la mayoría, que eran como cuatrocientos. Nomás se había hecho trabajo con seis o siete, entre ellos Abel, que era un poco la figura, el que había creado el grupito y con el que primero habíamos conectado; y zas, que lo despiden.

—¿Por qué lo despidieron?

—Porque era oreja del charrín...

—¿El charrín?

—El charro, Martínez, entonces de la CTM y que luego sería uno de los dirigentes de la COM.

—¡Ah!

—Pues le fueron a decir al charro que Abel estaba hablando de más, que estaba exigiendo asamblea antes de la revisión, y Martínez le sopló a la empresa y hacía una semana, cuando llegó, no encontró la tarjeta para checar. Ya lo habían despedido.

—¿Y los otros, Silvia y el Chiapas?

—Eran compañeros. Estudiaban biología los dos. Ellos fueron los que organizaron el círculo, con Abel y sus cuates.

—¿Los puedes describir?

—¿Por qué mejor no contestar cuál era la marca del coche y si tenía ganas de mear?

—¿Cuál era la marca del coche? ¿Tenías ganas de mear?

—Era un volkwagen blanco, del 72, de Silvia. Y

sí, tenía ganas de mear, eso es lo peor de las esperas... El Abel era chaparrito, muy amable, un tipo suave, como de treinta años, de modales dulces, muy claro ideológicamente, muy rápido. En la empresa fabricaba chorizos y embutidos. Una especie de carnicero industrial. Los domingos era sacristán en una parroquia de allí a la vuelta y se sentía muy orgulloso porque tocaba la campana de la iglesia. Tenía bigote y el pelo chino, creo que fumaba delicados sin filtro también, y no bebía (chínguese güey, también hay clase obrera abstemia). Silvia "La gallina", era flaquita, sonriente, efusiva, parecía recién sacada del cascarón emplumado de la clase media más compacta, ésa que da seguridad a pasto a sus vástagos; pero no molestaba, hacía su trabajo bien y soportaba estoicamente la persecución de su familia que no acababa de entender por qué siempre tenía sueño y siempre tenía que ir a lugares raros a horas raras; el trabajo de Iberomex era el primer trabajo sindical importante en que colaboraba y ella llevaba la voz cantante con el Abel, y eso era duro, que una mujer funcionara como organizadora sindical en una fábrica con puros trabajadores hombres era medio difícil, y eran duras las colonias donde se hacían las reuniones, y era duro ganar respeto; supongo que por eso, le iba todo en aquel paro...

—¿Cuál paro?

—El paro que se iba a hacer.

—¡Ah!

—El Chiapas era a güevo chiapaneco, ese era uno de los primeros trabajos que hacía con la organización. Yo nunca entendí muy bien cómo llegó con nosotros, supongo que porque éramos el mejor asilo de locos, solitarios y marginales del DF. Yo sentía que pasaba del caos al sindicalismo sin mucha transición, pero lo hacía con fe, a la buena, sin dudas en exceso que cobijar bajo su bigotazo.

—¿El paro?

—¡Ah!, sí, el paro... Pues resulta que con el despido de Abel, el trabajo se desmoronaba, los del círculo dudaban si se podía seguir adelante, y nos había llegado el pitazo de que Martínez iba a firmar la revisión a espaldas de la gente, que ya estaba negociando con la empresa. Entonces, en el círculo se decidió que no podía permitirse el despido, y decidieron convocar un paro para reinstalar al Abel. Un paro de media hora con una comisión que se presentara al gerente y exigiera, primero que lo reinstalaran, segundo que informara que no reconocerían el contrato si Martínez lo firmaba sin que hubiera asamblea. Pero era medio loco lanzar una proposición de paro sin tener organización.

—¿Y en qué se basaba el círculo para proponer el paro?

—En que la gente estaba hasta los güevos, en que Abel era respetado por la raza, en que entre los otros seis del círculo podía correrse la voz llegando a casi todos los departamentos del primer turno, y que eso era mejor que nada. Cuando me lo contaron a mí me pareció una locura.

—¿Y por qué no lo pararon?

—¿Cómo por qué? Nosotros trabajábamos sobre la base de que los círculos tenían autonomía, tenían su propia capacidad de decisión, la organización estaba para coordinar el trabajo de los militantes, pero no para dirigir desde afuera el trabajo de los grupos, ni éstos para dirigir desde afuera el trabajo de los círculos. Esto en teoría, al menos, el caso es que no podíamos decir desde afuera: "los de ese círculo oratearon", y marcha atrás. Podíamos colgar de un gancho por el culo a Silvia y al Chiapas si el paro resultaba un fracaso, por no haber sido capaces de medir bien con el círculo las posibilidades, pero hasta ahí.

—¿Por eso estabas en el coche?

—Por eso, esperando.

—¿A qué hora iban a parar y con qué señal?

—A las ocho y media, en caliente. Hora y media después de entrar, para que no le diera tiempo a la empresa o al charro de hacer nada si se enteraban de que se estaba preparando el paro. La señal era un silbato que traía un cuate del círculo.

—¿Y qué tenían que ver Silvia, el Chiapas y Abel en todo esto?

—Ellos tenían que estar en la puerta a esa hora, para que los vieran desde adentro, para que no sintieran que los dejábamos solos, y Abel sobre todo, porque él era la pieza clave de toda la movida.

—¿Habían calculado qué otras cosas podían pasar?

—El coordinador se había reunido con Silvia, el Chiapas y Abel la noche anterior y se habían visto muchas variantes. Primero, que a lo mejor los del círculo no se aventaban al paro y después de sondear a dos o tres se echaban para atrás. O que ellos se aventaban y los dejaban en el aire, o que sólo participaban unos cuantos, o que la empresa despedía a los que paraban, o que...

—¿Y entonces?

—Yo esperaba y fumaba.

—¿Y luego?

—Luego apareció Silvia, caminando cuesta abajo por la calle, brincando las piedritas, como diez metros atrás venía el Chiapas. Yo no me aventé a bajar del coche y esperé hasta que llegó ante la ventanilla bajada. Venía llorando, con un par de lagrimones colgándole de los ojos. Yo le dije "¿qué pasó?", y ella dijo: "Ganamos, güey, ganamos".

—¡Ah!

La apariencia: una casualidad
Daniel Sada

Te contienes, oh forma...
José Gorostiza, *Presencia y fuga*

La vi —pañosa, ¿real?— tras la ventana —viva—:
esa forma: esa idea. La vi de noche, me despertó
su ruido, pero cerré los ojos a modo de ignorarla
—no—: ¿cómo? Se me grabó de plano. La vi en el
sueño: era una traza que se desbarataba. La acepté
sin remedio y entonces se borró, aunque tal
borrazón devino en mancha: expresiva, insistente,
difuminada en mí; y me dije que no, que ya no era
lo mismo; sin embargo no puedo desdecirla.

La veo todas las noches —en principio: idéntica
aparece— cuando en forma mecánica despierto:
no sé por qué lo hago —¿una fuerza me empuja?—
y la ingrata se mueve luminosa —a veces opaca—
en el mismo lugar. Quiero saber qué es y me
incorporo: voy: compruebo que no es nada: a lo
mucho: si bien: una figuración. Así le doy la espalda:
es peor: su traza me persigue, se repite en lo oscuro
más y más. Abra o cierre los ojos no se esfuma la
vil. A cambio actúa, me irrita, casi casi me habla.

Parece tener vida...

Para colmo: si no la veo la siento y si me abarca
es porque me conoce.

¿Estoy lleno de ella?

Mi alivio es el siguiente: durante el día no hay problema: puedo hacer mis quehaceres sin ningún sobresalto. De venirme el recuerdo hasta me río de él: lo juzgo por encima. Debo decir, no obstante, que a últimas fechas mi risa va en aumento, es por esa razón que por las noches siempre me pregunto si ese humor tan ligero y constante será signo inequívoco de alguna enfermedad: ¿sí?

A lo que... Ya me está entrando el miedo.

¡Bah!

Yo, como tanta gente, voy diario a mi trabajo —¡claro!, descanso los domingos—: éste consiste en cortar carne fresca, aplastarla con mazo y venderla después. Mato chivas, marranos y uno que otro borrego: tres veces por semana. El hundir un puñal en un cuerpo indefenso se me ha vuelto rutina, mas soy frío en estas cosas: pues la sangre es mi amiga y yo trato con ella. Matar por lo que sea a cualquier animal es cierto que es un crimen, pero un crimen amable y aceptado, por lo tanto: sabroso. Eso sí: no he podido evitar que las gotas de sangre caigan sobre mi ropa y aun cuando procure usar mucho jabón y agua a raudales me cuesta harto trabajo borrar el mancherío.

Ahora voy a dormirme. Esta vez me propongo no abrir los ojos durante toda la noche.

...Y no pude, no puedo: esa forma está aquí, se me ha metido: arde, llora, se burla. Sin embargo no creo que quiera hacerme daño.

Simplemente se muestra. Se ha convertido en mi gran compañera...

Me tiene acorralado porque la sueño y me huye, y la alcanzo y no es. Yo quisiera pensarla pero se desdibuja. Es un juego increíble, es un río que se va o un motivo latente que regresa. Por eso, desde que apareció, trato de convencerme, acaso resignarme, aunque he llegado a una resolución: si la mentada forma a fin de cuentas es tan inofensiva: entonces que me siga, que se quede conmigo.

El paraguas de Wittgenstein
Óscar de la Borbolla

1. Como la gente se conoce o no se conoce nunca, pero total a veces se enamora, supónte que la lluvia te reúne con una mujer debajo de un paraguas. Tú le dices: ¿Me permite? y ella, indecisa y sorprendida, sopesando los pros y los contras te contesta que no, que el paraguas es suyo y que te vayas. Supónte que obedeces y te alejas brincando los charcos y que al cabo de una calle, dos calles, tres calles encuentras un techito para guarecerte y que ahí, precisamente ahí, se oculta el asesino que estaba escrito habría de matarte y que te sale al paso con aquello de la bolsa o la vida, y tú respondes que la vida, porque estás empapado y sientes frío y ganas de morirte o de pedir una taza de café muy caliente, pero como en ese zaguán no hay servicio de cafetería, pues te atraviesa con tremendo cuchillo y desde el suelo miras a tu asesino perderse con tu reloj y tu cartera detrás de la cortina de lluvia de la que sale la muchacha que no te quiso asilar bajo su paraguas, y cuando ella pasa: tú mueres.

1.1. Supónte que el cielo existe y que se te ocurrió morir a las seis de la tarde o, mejor, que tu asesino te haya matado a esa hora o, si lo prefieres, que el tiempo que todo lo coordina haya sincronizado con gran precisión los relojes para que murieras en tu país a las seis de la tarde sin que tú ni tu asesino anduvieran preocupados por la puntualidad. Si el cielo existe, a las seis y cuarto llegarías a sus puertas remolcado por la columna de humo de alguna chimenea próxima al sitio donde habría quedado tu cuerpo. Las puertas están abiertas de par en par, entras, caminas, buscas por uno y otro lado, pero no hay nada, no encuentras a nadie: El cielo es un hangar infinito, piensas y te pasa por la conciencia la imagen de la mujer que en mitad de la lluvia te negó la sombra seca de su paraguas.

1.1.1. Supónte que, además del cielo, haya Dios: tu ascenso y llegada son los mismos, sólo que ahora encuentras un mostrador y, detrás del mostrador, un mayordomo de levita verde que te hace señas con su linterna de bencina para que te acerques. Das unos pasos y en el acto descubres en el verde chillón de la levita que el cielo no es lugar para ti, que a ti te corresponden otros pasatiempos: descifrar de por muerte las razones por las que esa mujer se negó a compartir contigo su paraguas, y otros asuntos por el estilo.

1.1.1.1. Supónte que haya Dios y que te está esperando, que cruzas la eternidad y el infinito que no son otra cosa que una fila interminable de salitas de espera, salas y antesalas de espera, y que al final, o lo que tú consideras el final, encuentras unos muebles como cafetería, con sillones confortables de plástico azul, imitación de cuero, y que tomas asiento convencido de que si Dios te aguarda: tú debes reunirte ahí con él. Palpas el forro azul del sillón y tus antiguos hábitos te hacen desear una leche malteada; pero Dios, aunque te esté esperando, no llega y en su lugar, asociado por la malteada y el deseo, lo que viene a ti es el recuerdo de la mujer que en la lluvia te dijo: No.

1.1.1.2. Supónte que Dios llegue: el recorrido previo podría ser idéntico a excepción, claro está, del color de la levita del mayordomo, porque si Dios llega la levita tendrá que ser color obispo. Tú estás sentado en el sillón azul de plástico deseando una malteada y en ese momento llega Dios disfrazado de camarero y sobre una charola trae precisamente esa malteada que tú deseabas; viene con corbata de moño y un higiénico bonete en la cabeza. Tú retrocedes apenado: comprendes que fue impropia la manera confianzuda con la que le ofreciste el sorbo y, temeroso de haber cometido una imprudencia, preguntas si se puede fumar. Te responde que sí y hasta te acepta un cigarro. Tu mano tiembla por estar encendiendo fósforos humanos en la cara de Dios. Sin embargo, Dios aspira y comenta: Son buenos sus cigarros, ¿tabaco rubio? No, contestas sin darte cuenta de que corriges nada menos que a Dios, son de tabaco oscuro. Está menos procesado, ¿verdad?, dice Él, y tú contestas que sí, que se trata de cigarros baratos. Pues están magníficos, asegura Él. Tú aspiras el humo y piensas que no son tan buenos, pero no te atreves a decirlo. Dios mira a su derredor y hace un comentario a propósito del plástico azul de los asientos, algo acerca de que parece cuero. Tú le das la razón, Dios termina su cigarro y dice: Bueno, pues Yo, usted sabe, tengo que irme, ha sido un placer. Tú no atinas a decir nada y, cuando Dios se aleja por entre los sillones que parecen forrados de cuero azul, recuerdas el modo como tu asesino se alejó por la calle mientras llovía y la cara de la mujer que no quiso aceptarte bajo su paraguas.

1.2. Supónte también que no haya nada, que tú te mueres a las seis de la tarde porque la lluvia te obliga a buscar dónde protegerte y el techo hospitalario que te pareció inofensivo ocultaba al criminal que habría de matarte a resultas de que hubo una mujer que no quiso compartir su paraguas contigo. La chimenea soltaría al aire su bocanada sucia, la lluvia atravesaría el humo y lo bajaría al piso vuelto hollín, polvo finísimo mojado que el agua arrastraría junto con tu último suspiro hacia la alcantarilla. Al día siguiente tu cuerpo lavado por la lluvia sería encontrado: Un muerto, gritarían; pero tú no oirías nada, ni siquiera el sonido de la lluvia, ni los pasos de tu asesino, ni el no de la mujer que te excluyó de su paraguas; no oirías ni verías ni sabrías nada: nada de leches malteadas, ni de pláticas con Dios, ni mayordomos de levita, ni sillones que parecen de cuero. No habría nada.

2. Ahora supónte que abajo del paraguas ella te contesta: Sí, claro, acompáñame. Y tú, indeciso y sorprendido por haber repasado algunas consecuencias de su negativa anterior, comienzas a contarle que el "no" que te dijo en otro cuento te lanzó a las manos de un asesino y a unas pláticas con Dios y a una serie de hipótesis que ella festeja riendo, justo cuando pasan frente a la puerta donde está el asesino que espera que tú llegues chorreando para matarte; pasan de largo y, como la tarde está de perros y apenas son las seis, ella propone entrar en la cafetería que queda en la calle siguiente, la cual, por supuesto, tiene los sillones azules. Entran, se sacuden la lluvia que les perla la ropa, y ella pide una leche malteada y tú, un café.

Una familia feliz

MARTHA CERDA

Papá había hecho con nosotras lo que nadie había hecho con él: Querernos, mimarnos, jugar en la cama, bañarse en la fuente del jardín, darnos dinero y hacernos sentir a cada una que no podíamos vivir sin él. Así que a los cuarenta años seguimos todavía a su lado, dejando que nos quiera, nos mime, juegue con nosotras, nos dé dinero y nos haga sentir que no podemos vivir solas.

Mamá, por el contrario, hizo exactamente lo que habían hecho con ella: Sobreprotegernos, corregirnos e imponernos su voluntad, haciéndonos sentir que no podía vivir sin nosotras, lo cual era lo mismo que hacía papá, pero con otras palabras. En resumen el "no poder vivir sin...", nos fue envolviendo: girábamos unos en torno de otros atrayéndonos, amándonos, repeliéndonos, cada vez más intensamente, hasta el día en que mamá murió. Salió de nuestras vidas con asombro de todos y la vimos alejarse despedida por la fuerza centrífuga que habíamos generado en aquel vertiginoso girar. Cuando la perdimos de vista nos dimos cuenta de que, tal cual ella lo había previsto, no podíamos vivir sin ella y entonces empezamos a morir. De esto hace ya cinco años. De pronto nos sentimos más niñas y antes de hacer algo pensábamos qué diría mamá. Nunca se nos ocurrió pensar qué diríamos nosotras mismas, pues sería ofenderla. Sus ropas seguían intactas en el clóset y nosotras seguíamos intactas vigilándonos como ella lo hacía. Con la muerte de mamá heredé a papá de inmediato, el resto hasta que papá muera, es decir, hasta que mamá lo permita, pues estoy segura de que ella va a venir por él en el momento preciso. Sí, porque mamá lo cuidaba igual que a nosotras, ¿cómo iba a abandonarlo así, para siempre? Por eso yo, en cuanto ella murió, me hice cargo de cuidarlo hasta que lo ponga de nuevo en sus manos. Es terrible pensar que algo llegara a sucederle a papá y que no pudiera entregárselo como me lo dejó. Afortunadamente, hasta ahora todo va bien, papá sigue queriéndonos, mimándonos, dándonos dinero y haciéndonos sentir que no podemos vivir sin él. Y yo cada vez me parezco más a mamá, es posible que en unos cuantos años ni yo note la diferencia.

Sin embargo, éramos felices. Papá amaba a mamá, mamá me amaba a mí, yo amaba a mi hermana, mi hermana amaba a mi papá y, en consecuencia, todos nos amábamos. Papá nunca hacía enojar a mamá. Recuerdo muy bien que a ella no le gustaban las lanchas de motor y papá nunca le compró ninguna. Por otro lado, no la necesitaba, no vivíamos en la costa, ni junto a un río, ni siquiera junto a un lago, así que mamá, que odiaba hacer el ridículo, se sentía feliz de no tener una lancha de motor en medio de la sala. Ella, por su parte, procuraba hacer enojar a papá para que demostrara su carácter ante nosotras y pudiéramos admirarlo más. Nosotras no sabíamos qué hacer con tantas muestras de cariño y no hicimos nada.

La famosa incompatibilidad de caracteres jamás se manifestó en nuestra familia. Mamá se entretenía en ser y papá en hacer, ¿qué mejor manera de adaptarse uno al otro?

Cuando yo me casé, no sé si no pude vivir sin ellos, o ellos no pudieron vivir sin mí, el caso es que antes del año me divorcié, en cuanto nació Toñito. Él ahora tiene quince años y también es querido, mimado, educado y consentido por nosotros: Papá, mi hermana, que no piensa casarse nunca, y yo. Tal vez algún día lleguemos a reproducirnos sin necesidad del sexo opuesto, únicamente por el amor que nos tenemos. Aunque hace poco vi a Toñito devorar el retrato de papá, casi con furia. Debió haber tenido hambre el pobrecito. Los adolescentes son así, no entienden lo felices que son. Lo mismo sucedía con nosotras, mamá quería que fuéramos como ella y papá como él. Finalmente ganó el tío Quico, a quien conocíamos por una fotografía, pues se había largado hacía veinte años y nadie sabía de él.

Lo que sí tenía mamá es que era muy divertida. En las fiestas cantaba y bailaba durante horas y no se cansaba de que le aplaudieran. Ahora nos hemos hecho tan aburridos que, a pesar de lo felices que somos, no podemos disimularlo; y es que como ya dije, hace cinco años empezamos a morirnos. Por más empeño que pongo en parecerme a mamá, papá extraña las tardes del domingo, frente al televisor, con sus manos entre las suyas; las comidas un tanto insípidas de mamá, a las que ya estaba acostumbrado: su voz, su mirada, su apoyo... y cada día está más triste. Y por eso yo trato de bromear, contando la historia de su vida para hacerlo reír, pero acabamos llorando.

El libro de García

Mauricio José Schwarz

Everardo no hubiera notado el letrero a no ser porque una palomilla pasó revoloteando muy cerca de su cara y él levantó los ojos para seguir el vuelo del insecto y tratar de alejarlo con la mano. Tenuemente iluminado por una farola de sodio que estaba lejos, en la esquina, se veía el letrero sobre el dintel de la puerta:

GARCÍA
LIBROS RAROS

La pasión de Everardo por los libros no era especialmente ardiente esta noche, pero la curiosidad, y la absoluta certeza de que a pesar de sus constantes cacerías por el centro de la ciudad jamás había topado con esta librería en particular, lo empujaron hacia la entrada. No había aparadores visibles desde la calle y el sucio vidrio de la puerta apenas permitía discernir lo que había en el interior del minúsculo local, pero se veía con claridad el letrero de "Abierto" y la luz del interior era brillante.

Everardo entró, tratando de rescatar de entre los restos de su borrachera y las emociones que la habían provocado, cierta pasión bibliográfica. Pensó en los volúmenes que cazaba año tras año y empezó a excitarse ante la perspectiva de encontrar alguno en el pringoso local de García: quizá la colección de cuentos de Bertrand Rusell, alguna traducción fiel de los Rubaiyat de Khayyam o el manuscrito perdido de Manuel Alonso de Rivas, el herético franciscano del siglo XVIII.

Everardo empujó la puerta, la librería por dentro era incluso más pequeña de lo que parecía por fuera. Giró hacia un estante y vio los libros.

Se fijó en un ejemplar, sin duda viejo: *Alicia en el país de las maravillas*, de Lewis Carroll, en una edición española que parecía de los años veinte. Junto estaba *Alicia en el país de las maravillas* en otra edición, ésta de Argentina. Y junto estaba una más, de bolsillo y bastante reciente a juzgar por la portada.

Se volvió hacia otro estante. Ahí estaba *Alicia en el país de las maravillas* en edición ilustrada reciente. Y, junto, un volumen de evidente antigüedad, con pastas duras de piel, *Alice in Wonderland*. Abajo había varios ejemplares en rústica de la misma obra. Dio un par de pasos. En todos los estantes había *Alicia en el país de las maravillas*, nada más, en todas las ediciones imaginables. De algunos sólo había un ejemplar, de otros había copias suficientes para llenar una repisa. Leyó el título en francés, alemán, italiano, portugués e inglés. En varios tomos en ruso sus vagos conocimientos del alfabeto cirílico le permitieron discernir la palabra "Alicia". Lo mismo en griego. De las ediciones que por sus caracteres pudo deducir que eran árabes, hebreas, japonesas, coreanas, chinas y otras, sólo atinó a imaginarse que eran también *Alicia en el país de las maravillas*, de Lewis Carroll. Sacó al azar uno de los que mostraban los caracteres más intrigantes. Las ilustraciones correspondían a la obra de Carroll.

Hacia las cuatro de la tarde las barras de las cantinas del centro de la ciudad habían empezado a confundirse. La sucesión de cantineros (gordos, delgados, bigotones, jóvenes, viejos, de chaleco y corbata de moño, de delantal y en mangas de camisa) acabó fundiéndose en una especie de bar-man arquetípico que tenía como única misión en la vida mantener un trago en la mano de Everardo.

A las cinco de la tarde salió desorientado de la última cantina de su periplo y empezó a andar sin rumbo fijo, con la suficiente conciencia como para convencerse de que necesitaba caminar y respirar aire fresco.

Se sentía sobrio al encontrar el establecimiento de García, pero la multiplicación de la obra de Charles Lutwidge Dodgson, o Lewis Carroll, en los libreros que lo rodeaban lo hizo dudar de su sobriedad. Sacudió la cabeza y miró a los estantes. Allí seguían.

Una figura se movió al borde del campo de visión de Everardo. Un hombre pequeño, sentado tras el mostrador con gorra a cuadros y pesadas gafas, pasó una página de un libro. Estaba absorto en su lectura, encerrado en una burbuja. Everardo se acercó lo más inconspicuamente que pudo, ojeando libros acá y allá (todos seguían siendo *Alicia en el país de las maravillas*). Cuando pasó junto al mostrador miró la página que tenía ante sí el hombre. Más de la mitad estaba ocupada por un grabado antiguo de Alicia durante su juicio, ante la reina de corazones.

La librería era como una burla de la biblioteca infinita que imaginara Borges. Aquí sólo había un libro. El idioma podía ser distinto, las traducciones (hijas de la subjetividad y los prejuicios) variaban, las ilustraciones eran siempre incompletas y demasiado personales, las encuadernaciones iban de la más lujosa a la más vulgar, el papel, las dimensiones, el tipo de letra, todo era distinto. Y sin embargo era el mismo libro. Todos esos volúmenes eran un solo libro.

La librería era, seguramente, producto de una admiración obsesiva por la obra de Carroll. Sin duda vendía muy pocos ejemplares. Pero el tipo que Everardo supuso era García se mostraba totalmente despreocupado. Parecía que uno podría tomar cualquier libro de los estantes y salir con él por la puerta sin pagarlo, y el hombre tras el mostrador seguiría leyendo sin inmutarse.

—Mire, mire —dijo alborozado el individuo que seguramente era García, señalando el libro y sobresaltando a su cliente. Everardo se acercó con cautela. En la página, el gigantesco rostro sonriente del gato de Cheshire presidía sobre la conferencia del rey, el verdugo y la reina—. Son los grabados originales de John Tenniel. Las reproducciones no son muy buenas, pero aquí tengo otro donde se aprecian con enorme fidelidad...

El hombre desapareció tras el mostrador. Everardo levantó el libro con cuidado. Era la edición de Porrúa de 1972 con traducción de Adolfo de Alba, y la portada anunciaba tanto *Alicia en el país de las maravillas* como *Al otro lado del espejo*, pero se le había arrancado al libro descuidadamente la segunda mitad. Llegaba apenas a la página 70 y Everardo dedujo rápidamente que el resto del tomo había sido desechado precisamente porque no era *Alicia en el país de las maravillas.*

El individuo se incorporó mostrando un delicado volumen en papel biblia con cantos plateados. Lo hojeó rápidamente y llegó a la ilustración que había señalado en el otro libro.

—Esto sí hace justicia al grabador, ¿no le parece? —preguntó. Acercó demasiado el libro a Everardo, haciéndolo dar un paso atrás para apreciar la imagen. No pudo percibir gran diferencia entre los dos grabados, pero asintió obediente.

—¿No tiene una biografía de Lewis Carroll? —preguntó luego de un lapso embarazoso en que García lo miró expectante y sonriente, los ojos magnificados por los gruesos cristales de sus gafas.

García dejó de sonreír. Pasó la vista por su local, diciendo con los ojos que, por favor, señor, ¿no ve que sólo vendo *Alicia en el país de las maravillas?* Los ojos de García volvieron a Everardo.

—No —dijo García.

—¿Y no tendrá por aquí *Detrás del espejo?* —insistió Everardo. La librería lo intrigaba y molestaba un tanto. Quería *entenderla.* Detrás de su conciencia sonaba una alarma: el hombrecito podía estar realmente loco. Se requería una obsesión genuina para emprender la titánica tarea que parecía haberse echado a cuestas García. Viajes, quizá, a países que jamás hubieran enviado a México un ejemplar de sus versiones de la obra de Carroll. Y mucho dinero. El establecimiento de García era una obra maestra de inutilidad minuciosa y delicada.

García negó sin hablar, con cierto escándalo por las preguntas de Everardo. Como lo que sentiría un devoto musulmán si alguien llegara invitado a comer a su casa y pidiera unos embutidos de cerdo.

—Está bien. Sólo tiene *Alicia en el país de las maravillas*, ¿verdad?

El hombre asintió con un suspiro que sonaba a agradecimiento y la sonrisa volvió a su rostro.

Everardo se volvió a ver de nuevo la librería. Su enigma era la suma de varios enigmas menores. Resolverlo exigía saber cómo alguien decide hacer una colección de un solo libro y por qué decide que ese libro será *Alicia en el país de las maravillas*. Luego, determinar sus motivaciones para abrir un local comercial, pagando renta, permisos, impuestos, electricidad y demás, para exhibir y vender esa colección, sin esperanzas de que las ventas cubran los gastos. Everardo dudaba que alguien, algún día, pudiera entrar a esta librería e interesarse por una traducción de *Alicia en el país de las maravillas* al finlandés. No la había visto, pero seguramente estaba allí, en algún lugar.

—¿Se interesa por algún libro? —preguntó García animoso.

—No lo sé aún —dijo Everardo a la defensiva.

—Nadie sale de aquí sin un libro —sentenció García. Everardo buscó en la voz del hombre un tono de amenaza, pero no lo había.

Lo separaban de la puerta no más de siete pasos. Tuvo el impulso de salir, olvidarse de los libros raros de García o volver con el sol brillando en la polvosa calle. Lo detuvo la voz del hombre:

—¿Para qué sirve un libro que no tiene ni grabados ni diálogos?

—No sé.

—Nadie sabe. Es decir, hay muchas respuestas posibles, pero sólo una es la correcta, la que corresponde a lo que se pregunta Alicia al principio de El Libro —pronunció guturalmente las mayúsculas—. Antes de ver al conejo blanco. Cualquiera puede decir que un libro sin grabados y sin diálogos sirve para esto o para aquello o para nada, pero la respuesta adecuada sólo la conoce Carroll.

—O Alicia —intervino Everardo simplemente por no quedarse callado.

—¡Eso es! ¡Muy bien, muy bien! —aplaudió jubiloso el hombre.

Everardo configuró la imagen de sí mismo en la barra de una cantina donde todas las botellas llevaban la etiqueta: "BÉBEME". García se quitó la gorra y abrió aparentemente al azar el volumen de papel biblia que había sacado de abajo de su mostrador.

—"Sé quién era esta mañana, pero creo que desde entonces he cambiado varias veces" —recitó el hombre con gozo.

Everardo se estremeció. Ya no tenía deseos de irse ni de entender lo que estaba pasando, sino por qué estaba pasándole a él. La cita dio en el blanco y Everardo optó por la senda del enojo.

—¿Qué quiere usted? —preguntó con los dientes apretados al hombre que sonreía como gato de Cheshire. La sonrisa desapareció y el hombre caviló seriamente durante algunos segundos.

—Dicen por ahí —comenzó solemnemente— que un monje hizo como ejercicio, a principios de siglo, una traducción de *Alicia* al latín clásico. Es sólo un rumor. Yo quisiera que tal volumen existiera. Y tenerlo aquí. Sería espléndido ver cómo logró resolver este monje políglota el poema de la danza de las langostas en latín. Y varios otros versos de éstos...

—No, no eso. ¿Qué quiere de mí?

—Nada. Que se lleve un libro. Yo no quiero nada más. Soy vendedor de libros. Usted llegó aquí...

—Sí, sí —concedió Everardo y la marea de su ira bajó.

—Voy a lavarme las manos. Mire, mire —indicó con la mano los estantes—. Sin compromiso.

El hombre desapareció detrás del librero que estaba al fondo de la tienda. Everardo se acodó en el mostrador y encendió un cigarrillo. Miró a su alrededor. Y todo lo que estaba ante él era un solo libro.

Alguna vez lo había leído. No recordaba cuándo. Primero tuvo una adaptación infantil que le causó la impresión de que el autor concatenaba situaciones absurdas sin causa ni propósito definidos. Luego lo leyó de nuevo y se enfureció tanto con los "adaptadores" del primer volumen que al final de la lectura recordaba poco de lo relatado. Pero el gato de Cheshire, la falsa tortuga y la reina de corazones aún estaban por ahí, entre sus recuerdos, bajo las recientes memorias de una mujer que a media noche se levanta de la cama y anuncia que se va, decreta el fin del amor, del sexo, del desayuno en común, del café después de ir al teatro, de la regadera compartida y la amable discusión para decidir quién limpia los ceniceros. Presencias frescas del empleo mínimo, de la supervivencia en tiempos de ruina que se ve reventada por viejos fantasmas que despiertan y empiezan a hacer preguntas sobre lo que se ha hecho y lo que no se ha hecho. Y más preguntas que iban encendiendo una serie de flechas de neón rosado y verde mostrando el camino a una cantina, luego a otra, a otra...

Y finalmente a una librería lunática.

El hombre volvió mientras Everardo levantaba *Alice au pays des merveilles* con las fotografías tomadas por el propio Dodgson.

—¿Por qué Alicia? —preguntó finalmente Everardo.

—En realidad por nada en particular. Podía haber elegido cualquier otro libro —el rostro del hombre cambió sutilmente. Ya no tenía la sonrisa de entusiasmo casi infantil, sino un gesto de profunda concentración. El gesto de quien hace la glosa del resultado de largas y profundas cavilaciones—. Son muchísimos los libros que tienen todas las respuestas que uno necesita. Si uno se pregunta por la justicia, digamos, puede encontrar excelentes respuestas en *El Quijote* igual que en *El proceso* de Kafka, en los cuentos de Edgar Allan Poe o en *¿Sueñan los androides con ovejas eléctricas?* de Philip K. Dick. Todos los libros son respuestas. Uno los evalúa de acuerdo con sus propias preguntas. Por eso los críticos nunca se ponen de acuerdo: preguntas distintas, ¿ve usted? Si uno lee *El juego de abalorios* de Hesse preguntando si el autor padecía complejo de Edipo leerá un libro muy distinto que si lo hace preguntando sobre el valor de las sociedades teocráticas o el significado del arte. En ese libro las respuestas son las mismas, pero el lector las altera con sus preguntas. En muchos libros hay respuestas distintas, claro. Pero ninguna es incorrecta. Todas son correctas...

—Si uno tiene la pregunta adecuada —dijo ausente Everardo. El hombre asintió.

—Exactamente. Una sola pregunta, como la de Alicia respecto de los libros que no tienen diálogos ni grabados, tiene muchas respuestas. Las respuestas están en los libros. La respuesta adecuada a su pregunta sólo la conoce Alicia. Ante las respuestas de los libros, sólo uno conoce la pregunta adecuada.

—¿Y *Alicia en el país de las maravillas* responde a todas las preguntas de usted?

—No —repuso García. Echó una conspicua ojeada a su reloj de pulsera. Debían ser las ocho de la noche. La librería cerraría pronto.

—No entiendo.

El hombre acarició los lomos de los libros que estaban en el estante más cercano. Miró intensamente a Everardo y éste apartó la mirada fingiendo distraerse con el tomo mutilado de Porrúa.

Lo abrió de atrás hacia delante y se detuvo en la penúltima página del libro.

—Tiene las respuestas de usted— dijo distraídamente el hombre y desapareció de nuevo tras el mostrador, revolviendo papeles.

—"¡No! ¡No! —dijo la reina—. Primero la sentencia y luego la deliberación", leyó Everardo. Era una buena respuesta a lo que le había ocurrido. Al menos a una parte. La respuesta era buena, pero le faltaba la pregunta.

El tomo mutilado le pareció de pronto un animal desamparado que necesitaba de su atención.

—Me llevo éste —anunció Everardo.

—Lléveselo. Y ya váyase. Voy a cerrar —sonó la voz del hombre desde abajo, tras el mostrador.

—¿Cuánto es?

—Nada, nada. Es un libro roto, viejo. Las hojas están amarillas y en la página once tiene una mancha de café. Y la portada está rota. No vale nada. Buenas noches.

Las últimas palabras de García eran terminantes. Everardo murmuró un agradecimiento y salió hacia la noche, abrazado al libro.

Cuando Julieta entró al pequeño establecimiento de "García, libros raros", quedó profundamente sorprendida. En todos los estantes no había sino ediciones diversas y traducciones de *El idiota* de Dostoievski. En ruso, en alemán, en francés, en inglés, en español, en pastas duras y en rústica, todo el local de García estaba ocupado por un solo libro.

Al fondo, tras el mostrador, un hombre pequeño, de gorra a cuadros y gafas, hojeaba muy serio un ejemplar de *El idiota*.

Lo que tú necesitas es leer a Kant
Francisco Hinojosa

Ya basta. Me duele la voz. Toda la maldita noche hablando y hablando cosas sin sentido. Que yo dije lo que nunca dije, que sí es cierto, y que hasta me paré y fui por un cenicero. Y aunque lo haya dicho, no tiene sentido, ¿por qué iba yo a decir algo que no pienso ni siento ni quiero decir? / Sí, si fui por el cenicero, es cierto, pero ¿eso qué prueba? Que soy el monstruo que tú describes. ¡Basta! Sería mejor que nos fuéramos a dormir... como si no hubiera pasado nada. Pero no, quieres seguirle. Dime, ¿has leído a Platón? Un diálogo es un diálogo. Habla primero uno y luego el otro. Uno dice algo y el otro se inconforma con él o se une a su afirmación o, en todo caso, le pregunta. Lo que sí no es posible es que cada quien vaya por su lado creyendo que dialoga. No hay conversación entre nosotros, al menos ahora. Podría decirte: "La crisis por la que estás pasando te incumbe ante todo a ti, no quieras que yo la mida, la sienta y la resuelva si tú no la conoces siquiera." A esto podrías responderme, como ya lo has hecho: "Bebes para alejarte y no tener nada que ver conmigo." ¿Ves? Cada quien habla de cosas distintas. Tú de la tortuga y yo del encanto de las flores. ¿Ves? Platón te enseñaría tantas cosas que ni te imaginas. Te enseñaría a llevarte con los demás, por ejemplo. Si hay diálogo, puede haber entendimiento. Pero así... Así es imposible cualquier relación. / Que yo beba nada tiene que ver ni con tu crisis ni con lo que imaginas que yo ando haciendo. Bebo por gusto, lo he hecho siempre y lo voy a seguir haciendo mientras pueda. Aunque no quieras. / No le achaques a mis placeres tus problemas. / ¿Vicios? Está bien, no me asusto con las palabras: "mis vicios..." Deberías conocer a fondo a Sócrates. Los diálogos de Platón son diálogos socráticos. Sócrates no insultaba nunca a sus interlocutores, no necesitaba hacerlo. ¿Y sabes por qué? Porque él dialogaba. Cuando dos personas inteligentes dialogan no necesitan insultarse. Mira, ve esa foto.

¿Qué ves? / Sí, están matando a un marrano, aunque yo prefiero decirle cerdo o cochino o puerco. Marrano es de gente vulgar. Pero bueno, vale, tú naciste en el campo y tienes derecho a llamarle marrano. ¿Qué respondes? / Ya ves, estábamos hablando de cómo matan a un animal y tú necesitas caer en el insulto. Lo de la foto es por tener un tema de conversación y así mostrarte las conveniencias de leer a Platón. El diálogo socrático. La comunicación. Nada de yo dije, tú dijiste, yo no dije, cómo crees, claro que creo... Todo eso es mierda. / No, no me estoy burlando. Lo digo absolutamente en serio. Por ejemplo, podrías haberme respondido que para ti un porcino no puede ser cerdo, puerco o cochino, sino marrano, porque desde niña, en el rancho, lo conoces con ese nombre. A mí me hubiera parecido un buena respuesta. Ve esta otra fotografía.

No me estoy burlando. Dame tantito crédito y responde qué ves en la foto. / Está bien, está bien, te voy a decir qué es lo que yo veo. Veo a un hombre que saca fuego por la boca. La expresión de quienes observan el acto llama la atención porque pareciera que más que asombrarse por la proeza del tipo desean que algún accidente ponga fin a algo tan desagradable. / No estoy alucinando. Ésa es *mi* interpretación. Digo que desagradable porque a nadie le puede gustar que alguien saque fuego por la boca para ganarse la vida. / ¿Qué a ti sí? Lo haces por llevarme la contra. Por supuesto que te desagrada. Me lo has dicho. / ¿Cuándo? No intentes jugar conmigo. ¿Cómo te voy a decir cuándo? No lo sé, no recuerdo. Pero sí estoy seguro de que me lo habías dicho. / Claro que te conozco, y te conozco más de lo que imaginas. Incluso más de lo que tú te conoces a ti misma. / Otra vez con insultos. ¿Ya ves? Necesitas recurrir al insulto para poderte relacionar conmigo. No rompas los vasos. ¿Crees que rompiendo vasos vas a ganar algo? Si quieres hazlo, yo no te voy a detener. Y tan fácil que sería entendernos. Como lo hace todo el mundo. Como lo hacía Sócrates con Fedro. Creo que con Fedro. Sé sincera: ¿no te gustaría que en vez de andar peleándonos nos entendiéramos como griegos, como Sócrates con Fedro...? / Si sigues, vas a ver que yo también sé insultar y romper vasos. Provócame más y vas a conocer una faceta mía que no conocías. / ¿Qué yo también te insulto? Vamos, cariño, hay que ser más adultos. Por favor. /

¿Esto es un insulto? Te lo digo sin ganas de molestarte. Simplemente creo que no eres una mujer madura capaz de sostener una conversación amigable. Vamos, lo digo científicamente. Sin ánimos de imponer una calificación moral. Se puede ser inmadura sin ninguna dificultad. No hay que avergonzarse por eso. Hay gente inmadura que llega así a los ochenta años. / No, no estoy bebido. Sé perfectamente qué te estoy diciendo y lo podría mantener mañana a la hora del desayuno. / Claro que va a haber desayuno. / No, no vamos a romper por una simple conversación mal llevada. No te hagas la melodramática. "Quiero el divorcio." Has visto mucha tele. No porque seas una mujer inmadura vamos a dejar de compartir una casa y una vida. Se puede madurar. Claro, es cuestión de tiempo. Y voy a ayudarte. / Decir que yo soy el inmaduro es desviar la conversación hacia otro lado. Dame una prueba. Por ejemplo, dime en qué momento te he insultado. Ésa sería una prueba de inmadurez. / No te rías como pendeja. Tus ironías son pueriles. / Pueriles significa que eres una niña. / ¿Qué por qué me casé con una niña? No trates de confundirme. Cuando te conocí no eras tan irregular como eres ahora. Bueno, no irregular, tan... tan inconsciente, tan infantil. Yo creo que tu mamá te ha hecho mucho daño. / Sí, tu mamá. Se la pasa dándote consejos sobre cómo tratar a un marido, como si yo fuera un marido cualquiera. O sea, un marido común y corriente. / No es que quiera meter a tu mamá en esto. Lo que pasa es que es necesario. Algún día te lo iba a decir. Ella es la que te está destruyendo la vida. / No, no tengo la más remota idea de cómo era tu papá. Lo que sí sé es

que ella debió tener algún conflicto muy fuerte con
él. / Lo he visto muchas veces, no necesitas
enseñarme su foto.

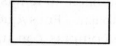

¿Qué qué veo? ¿Ahora eres tú la que quiere ser
socrática? Adelante, adelante. Veo a un hombre
cuarentón, despreocupado, sin una meta en la vida. /
Carajo, tengo derecho a decir lo que pienso. O más
bien, lo que veo en una fotografía. / Ya lo creo que
tú debes tener otra idea de las cosas. Es tu papá. Lo
que sí es que no tienes por qué coartar mi libertad
de opinión. Podría mentirte, si es eso lo que quieres.
Anda, veo a un hombre amoroso, preocupado por
el bienestar de su hijita. / No, no me estoy burlando.
Es como si yo te dijera que no tienes derecho a ver
un marrano donde yo veo un cerdo o puerco o
cochino. Simplemente tú tienes una visión de quien
vivió en un rancho y yo de un hombre de ciudad.
Ninguno es mejor que el otro. ¿Comprendes? ¿Ya
estás entendiendo por dónde voy? / ¿Qué? Pero si
tú también estás bebiendo, por si no te has dado
cuenta. Eso del alcoholismo es una proyección. Es
a ti a quien le está haciendo daño beber. Si tú
mañana puedes mantener todo lo que has dicho,
imagínate a mí. Yo siempre me he mantenido en lo
que digo. ¡Siempre! Nunca ando con el "perdóname,
yo creo que estaba cansada..." / ¿Cómo me voy a
estar burlando? Sé que puede sonar así, pero no,
no he querido imitarte. Perdóname, si eso es lo que
quieres oír, perdóname, de verdad, no quise
burlarme de tu voz chillona. / Tampoco quise hacer
esa mueca. Se me salió. Pero ya te pedí disculpas,

¿no es suficiente? / Y dale con el divorcio. Está bien, si es eso lo que quieres, te concedo el divorcio. Vas a ver que mañana vamos a desayunar, haremos como que no pasó nada, tú te irás con tu mamá de compras y yo a trabajar. / Pues ¿qué otra cosa haces? Siempre estás de compras con tu mamá. Yo sólo digo lo que veo. / No seas idiota, lo que quise decir es que mañana va a ser otro día. Mi intención no era criticarte. Ni a ti ni a tu mamá. Sus actividades, si a eso llamas actividades, me tienen sin ningún cuidado. Es más, pueden irse de compras cuantas veces quieran. Al cabo que yo soy el que trabaja... Y no es que me esté quejando. Aunque, pensándolo bien, ¿qué harías si nos divorciamos? Te lo pregunto para que veas que es una idiotez lo de "quiero el divorcio". / ¿Qué yo te pasaría una pensión? ¿Dónde crees que vives? En este país hay leyes, y no creas que protegen precisamente a los huevones. / No digo que seas una huevona. Lo que quise decir es que si te divorcias de mí tendrías que trabajar. / Ya sé que puedes hacerlo, no pienso que seas una inútil. Sólo trato de convencerte de que una discusión como la que estamos teniendo no termina en el divorcio. En todo el mundo no ha habido una sola vez que se haya roto un matrimonio por tonterías como ésta. Es algo que pasa. Así... Todos los matrimonios tienen pleitos. Todos, ¿me entiendes?, todos. Y casi siempre por las mismas estupideces. En China, en Japón, en Paraguay. Por eso te digo que lo mejor es dejar de discutir, meternos a la cama y mañana, en el desayuno, olvidar todo lo que pasó hoy. Sin resentimientos... Mira, ve la foto de cuando nos casamos. ¿No te dice nada?

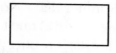

Voltea a verla. No te va a hacer ningún daño mirar la foto del día de nuestra boda. La has visto miles de veces. Lo único que te pido es que la veas ahora mismo para que te olvides del divorcio y nos vayamos a dormir. No te cuesta nada. Dame la mano. Vas a ver que así todo se compone. Anda, dame la mano. / Así... ¿Ya ves? Es muy sencillo. Ve que no hay razón para pelearse. Estos pleitos son naturales... Bésame... vamos a terminar con esto de una vez. / Bueno, deja que yo te bese. No soy tan orgulloso como para no reconciliarme contigo. / Así... así... / No, déjame a mí quitarte la blusa... Despacio, no hay prisa. ¿Te acuerdas de la primera vez? Yo me acuerdo mucho. Tenías puesta la blusa de rayitas rojas... / Sí, sí te lo quitaste tú... Recuerdo que te besé los senos... te besaba los senos... / Sí, lo tenía más parado que nunca... / Por supuesto que más, Mónica no fue nada para mí... No sé por qué tienes esa fijación con Mónica. Nunca pasó de ser más que un acostón... En todo caso, ¿no me digas que a ti no te encantaba el gringo? / Ya sé que se llamaba Martin. / Sí, pero te encantaba, me lo dijiste una vez. / Bueno, está bien, sólo quería escucharlo... Anda, quítate la ropa y vamos al cuarto. / ¿Aquí en la cocina? Si es lo que quieres yo no me opongo, sólo que creo que es más cómoda la cama, pero...

Te lo dije, había que ver la foto del día de la boda para que el enojo no pasara a mayores. ¿Te gustó?

Yo me acordé del primer día. / No, tú no llevaste la iniciativa. Acuérdate, yo fui el que te abrazó. / ¿Cómo crees que yo iba a estar en otro planeta? Desde el principio sabía que nos íbamos a acostar. Lo vi en tus ojos. Tú andabas como perro sin pareja. Es más, estoy seguro de que te hubiera gustado hacer el amor desde el primer momento. / Bueno, lo digo porque así lo sentí, ¿o no puedo decir lo que siento? / Eso no es una agresión, palabra. Así sucedieron las cosas. Haz memoria. / ¿Cómo voy a decir yo que tú eres una puta? Si así fuera, ¿tú crees que estaría casado contigo? No, amor, la verdad yo creo que lo que tú necesitas es leer a Kant.

Delirio de estar contigo

IGNACIO TREJO FUENTES

Basta mirar a Lirio incendiada por los fulgores de la vida, para sentir muy cerca los aleteos de la demencia. Verla suscita el desvarío de los sentidos: primero son cascadas de deseo, sobreviene después una azorada incertidumbre que desemboca absurdamente en los escombros del desencanto y de la frustración.

Pasas entre nosotros, Lirio, y el mundo adquiere otra tonalidad, los colores explotan, del aire pende una inasible música perturbadora, la calle cesa sus alaridos y se concentra en tu contemplación y te prodiga sus mayores virtudes.

No sabemos qué ocurre, pero a tu alrededor se instaura siempre una especie de nube, un hálito que parece cubrirte, y vas entre él ensimismada mientras nosotros derramamos torrentes de suspiros, miradas lánguidas, incandescentes pretensiones. Y es increíble cómo impones distancias, cómo te salvaguardas en tu esencia, de qué manera incomprensible nos mantienes al margen, lejos de toda posibilidad de penetrar tu mundo alucinante. Lirio es una marejada de belleza. Es una aparición constelada de asombros y es, no cabe duda, un atisbo inaudito a la divinidad. ¿Serás acaso, Lirio, la elevación tajante y novedosa del antiguo esplendor (resquebrajado ahora) de la colonia Roma? ¿La contraparte del desastre? ¿El asidero en la debacle? Así te vemos, Lirio, y nos congratulamos, sin importar que los viejos lascivos piensen luego de verte en la fragilidad de sus destinos y convoquen la muerte como fórmula para atenuar su desconsuelo; sin importar tampoco que quienes yacen a tu paso, los que se postran ante la magia de tu encanto, descubran lo inaprehensible de tu vuelo y naufraguen por siempre en la melancolía. Si un mago portentoso pudiera conservarte por siempre en tu actual inocencia, qué maravillas inundarían al mundo. Mantente eternamente así, ve por la vida enfundada en tu propia belleza, vístete con tus faldas minúsculas y con tu cola de caballo ceñida por bolitas, guárdate tu sonrisa imantada que se asombra a sí misma, quédate en tus 15 años, no vaya a ser que el furioso destino se encarnice contigo (y con nosotros), que los dientes del tiempo te fracturen el alma y te empantanen en cuerpo de mujer sin cualidades, quédate siempre así por ti y para nosotros, no te lleves jamás tu imagen prodigiosa, húndenos en ese indescifrable delirio de estar siempre contigo...

La historia de los otros
SUBCOMANDANTE MARCOS

De madrugada otra vez, bajo el amenazante avión la mar intenta leer un libro de poesía con la magra ayuda de un cabito de vela. Yo garabateo una carta para alguien que no conozco en persona, que tal vez habla otro idioma, tiene otra cultura, probablemente sea de otro país, sea de otro color y, es seguro, tiene otra historia. Pasa el avión y me detengo, un poco por escuchar y un mucho por darme tiempo a resolver el problema de escribirle una carta a otros diferentes. En ese momento, por entre la niebla de la alta montaña e inadvertido por la mar, se llega el Viejo Antonio a mi lado y, dándome unos golpecitos en la espalda, enciende su cigarrillo y...

La historia de los otros

"Contaron los más viejos de los viejos que poblaron estas tierras que los más grandes dioses, los que nacieron el mundo, no se pensaban parejo todos. O sea que no tenían el mismo pensamiento, sino que cada quien tenía su propio pensamiento y entre ellos se respetaban y escuchaban. Dicen los más viejos de los viejos que de por sí así era, porque si no hubiera sido así, el mundo nunca se hubiera nacido porque en la pura peleadera se hubieran pasado el tiempo los dioses primeros, porque

131

distinto era su pensamiento que sentían. Dicen los más viejos de los viejos que por eso el mundo salió con muchos colores y formas, tantos como pensamientos había en los más grandes dioses, los más primeros. Siete eran los dioses más grandes, y siete los pensamientos que cada uno se tenía, y siete veces siete son las formas y colores con los que vistieron al mundo. Me dice el Viejo Antonio que le preguntó a los viejos más viejos que cómo le hicieron los dioses primeros para ponerse de acuerdo y hablarse si es que eran tan distintos sus pensamientos que sentían. Los viejos más viejos le respondieron, me dice el Viejo Antonio, que hubo una asamblea de los siete dioses junto con sus siete pensamientos distintos de cada uno, y que en esa asamblea sacaron el acuerdo.

"Dice el Viejo Antonio que dijeron los viejos más viejos que esa asamblea de los dioses primeros, los que nacieron el mundo, fue mucho tiempo antes del ayer, que mero fue en el tiempo en que no había todavía tiempo. Y dijeron que en esa asamblea cada uno de los dioses primeros dijo su palabra y todos dijeron: 'Mi pensamiento que siento es diferente al de los otros.' Y entonces quedaron callados los dioses porque se dieron cuenta que, cuando cada uno decía 'los otros', estaba hablando de 'otros' diferentes. Después de que un rato se estuvieron callados, los dioses primeros se dieron cuenta que ya tenían un primer acuerdo y era que había 'otros' y que esos 'otros' eran diferentes del uno que era. Así que el primer acuerdo que tuvieron los dioses más primeros fue reconocer la diferencia y aceptar la existencia del otro. Y qué remedio les quedaba si de por sí eran dioses todos, primeros todos, y se tenían que aceptar porque no había uno que fuera más o menos que los otros, sino que eran diferentes y así tenían que caminar.

"Después de ese primer acuerdo siguió la discusión, porque una cosa es reconocer que hay otros diferentes y otra muy distinta es respetarlos. Así que un buen rato pasaron hablando y discutiendo de cómo cada uno era diferente de los otros, y no les importó que tardaran en esta discusión porque de por sí no había tiempo todavía. Después se callaron todos y cada uno habló de su diferencia y cada otro de los dioses que escuchaba se dio cuenta que, escuchando y conociendo las diferencias del otro, más y mejor se conocía a sí mismo en lo que tenía de diferente. Entonces todos se pusieron muy contentos y se dieron a la bailadera y tardaron mucho pero no les importó porque en ese tiempo todavía no había tiempo. Después de la bailadera que se echaron los dioses sacaron el acuerdo de que es bueno que haya otros que sean diferentes y que hay que escucharlos para sabernos a nosotros mismos. Y ya después de este acuerdo se fueron a dormir porque muy cansados estaban de haberse bailado tanto. De hablar no estaban cansados porque de por sí muy buenos eran para la habladera estos primeros dioses, los que nacieron el mundo, y que apenas estaban aprendiendo a escuchar".

No me di cuenta a qué hora se fue el Viejo Antonio. La mar duerme ya y del cabito sólo queda una mancha deforme de parafina. Arriba el cielo empieza a diluir su negro en la luz del mañana...

Relatos mexicanos posmodernos se terminó de imprimir en marzo de 2002, en Acabados Editoriales Incorporados, Av. San Fernando 484, Col. Tlalpan Centro, México, D.F.